追放聖女は最強の救世主

The banished saint is the strongest savior

～隣国王太子からの溺愛が止まりません～

Yakiimohokuhoku
やきいもほくほく

[Illustration]
ヤマウチシズ

CONTENTS

第一章

追放された聖女

The banished saint is the strongest savior

「フランソワーズ・ベルナール、貴様との婚約は破棄させてもらう……！」

煌《きら》びやかな会場、豪華なシャンデリア。

人がひしめき合うパーティーの場でシュバリタリア王国の王太子、セドリック・ノル・シュバリタリアの声が響く。

今日は彼の誕生日パーティーだった。

セドリックはブラウンの髪を掻き上げた。こちらを忌々《いまいま》しいと言いたげに睨みつける紫色の瞳はシュバリタリア王国特有のもの。

端正な顔立ちは令嬢たちからは人気があると聞いたことがある。

そんな彼の隣には可愛らしい令嬢が立っていた。普通は婚約者をエスコートするものだが、彼女はセドリックの婚約者ではない。

たった今、名前を呼ばれて婚約破棄を告げられた令嬢がフランソワーズ・ベルナール。つまり自分がセドリックの婚約者だ。

そしてセドリックの隣にはフランソワーズの義理の妹、マドレーヌが誇らしげに胸を張りながら立っている。

マドレーヌがマゼンタとホワイトのとろみのある布地にリボンが施された可愛らしいドレスを纏《まと》っ

ていた。

ライトグレーの髪はハーフアップで編み込まれている。

切り揃えられた前髪と、パッチリとした目は可愛らしい印象だ。

透けるようなピンク色の瞳を潤ませながら、セドリックを見つめていた。

(婚約者の義妹と二人きりで堂々と壇上に立つなんて……信じられないわ)

承認欲求が強い彼にとって、褒め上手で相手の懐《ふところ》に入るのがうまいマドレーヌの存在はたまらないのだろう。

彼女は一瞬でセドリックを虜《とりこ》にしてみせた。細く白い腕はセドリックに遠慮なく絡みつき、何も説明しなくてもその関係を理解にさせるには十分だ。

豊満な胸を押しつけているように抱きついているマドレーヌ。

その行動は貴族社会においては、はしたないことではあるが彼女がそのことに気づく様子はない。

(今回のパーティーか次のパーティーには動くかもしれないかと思っていたけれど……面白いくらいに予想が当たったわね)

フランソワーズはそんなことを考えながら、マドレーヌの勝ち誇った表情を見ていた。

だが、婚約破棄されることを予見していたフランソワーズにとって、マドレーヌの陳腐な煽《あお》りに反応するほど愚かではない。

ここで感情を剝き出しにして嚙みついたところで、相手の思う壺だとわかっていた。

マドレーヌを無視してから、フランソワーズは淡々と問いかける。

――自分の知っている物語どおりに。


「セドリック殿下、理由を聞かせていただいてもよろしいでしょうか？」

「はっ……理由など聞かなくてもわかるだろう!? 義妹のマドレーヌをしつこく虐《しいた》げたらしいな。おおかたマドレーヌの強い聖女の力に嫉妬させてだろうが、その行動は次期王妃として相応《ふさわ》しくないと言っているんだ」

冷静に問いかけるフランソワーズが気に入らないとばかりに声を荒らげるセドリック。

「僭越《せんえつ》ながら申し上げますが、わたくしにそのような記憶はございません」

「……嘘をつくな！」

「そうですよ、フランソワーズお姉様！ 今までのことを正直に話してくださいっ」

フランソワーズを悪だと決めつけて話すマドレーヌを睨《にら》みつけた。

するとマドレーヌはわざとらしくビクリと肩を跳ねさせて、セドリックに擦り寄った。

潤んだ瞳でセドリックを見上げながら、助けを求めている。

「怖いです……助けてください。セドリック殿下」

「大丈夫だ。マドレーヌ」

セドリックはマドレーヌの肩に手を置いて、彼女を守るように抱え込んだ。

そんな二人のくだらない茶番劇を見つめながら、フランソワーズは思わずため息を吐く。

「はぁ……」

「やはりマドレーヌの言うとおりなのだな。これ以上、彼女を傷つけるなら容赦はしないぞ」

「……そうですか」

その後も何を言ってもまったく動揺する様子がないフランソワーズを見て、セドリックの顔には焦りが滲《にじ》む。

マドレーヌも不可解な面持ちでこちらを見ていたが、フランソワーズは表情一つ動かさない。

「お前は自分のやったことが、どれだけマドレーヌを傷つけているのかわかっているのか⁉」

「いいえ。先ほども申し上げましたが、身に覚えがありませんわ」

「……いい加減にしろっ！　フランソワーズ、お前を国外に追放してやる！」

セドリックは叫ぶように言った。

事実、フランソワーズはマドレーヌを虐げてなどいない。本来の物語ならばそうなるはずだった、というべきだろうか。

「わたくしがマドレーヌにそのようなことをする理由はございませんわ。それにわたくしは宝玉を抑えるために、祈りの間でずっと祈りを捧げておりました」

「——黙れっ！　何人ものベルナール公爵家の侍女や令嬢たちが証言している。言い逃れはできないぞ」

辺りを見回すと、目が合った瞬間に不自然なほどに視線を逸らす令嬢たちの姿があった。

（……嘘をついてまでマドレーヌの味方をするなんて。マドレーヌは物語どおりに彼女たちを救ったのかしら）

結局はこのような結末になるのだとわかっていたからか、フランソワーズはさして驚きはしなかった。

（さて……ここまでは物語どおりに進んでいるわね）

フランソワーズ・ベルナールは前世で読んだ小説の悪役令嬢だった。

金色の美しい髪は腰まで伸ばしており、パーティーの場に合わせてキッチリと結《ゆわ》えている。

吊り目とガラス玉のような赤い瞳はキツイ印象を受ける。

今日も深みのあるディープグリーンのドレスは胸元や裾に金色の刺繍《ししゅう》が施されて上品だ。

マドレーヌや同じ年頃の令嬢と比べれば、華やかさに欠けて地味に映るかもしれない。

幼い頃から王妃になるためにと厳しい教育を受けていたフランソワーズの感情の動きはほとんどなくなってしまった。

彼女はずっと王家のために尽くしてきた。

ベルナール公爵家の人間として、完璧に振る舞うことを強制されて、失敗すると厳しい罰を受けたからだ。

フランソワーズは抵抗しても無駄だと気づいて自分の感情を押し殺してしまう。

人形のように無表情で感情のないフランソワーズを不気味だと言う人もいた。

しかし令嬢として完璧な立ち居振る舞いや、皆が羨む美貌を持っていたことで彼女は他の令嬢たちを圧倒していた。

そして当然のようにこの国の王太子、セドリック・ノル・シュバリタリアの婚約者候補となった。

国王から気に入られたことで、フランソワーズはセドリックの婚約者の座を得ることができたのだ。

父親のベルナール公爵が望んだとおりに。

シュバリタリア王国には『聖女』と呼ばれる女性たちが存在している。

この国を建国したシュバリタリアという女神が力を与えたといわれており、その血を引く貴族の女性たちは多かれ少なかれ『聖女』としての力を持っている。

聖女の力は、悪魔を祓《はら》うことができる浄化の力を持つ。

人に悪影響をもたらす悪魔を祈りを捧げることで灰にしてしまう。または弱らせることができるのだ。

大抵、悪魔は物に取り憑いており、それを媒介として人間に影響を及ぼすのだ。

シュバリタリア王国はある理由から悪魔に対する知識が豊富にあった。

その理由は女神シュバリタリアが封じた悪魔の宝玉を守るためだ。

それを聖女の力で抑え続けなければならない。

塔の最上階には見張り台の隣に強大な悪魔を閉じ込めている宝玉がある。

普段は透き通っている宝玉が黒く染まり、完全に穢《けが》れてしまえばよくないことが起こるそうだ。

穢れは時間と共に溜まってしまい常に宝玉を黒く染めようとする。

その宝玉が黒く染まりきった時、邪悪な悪魔が解放されて国が滅びてしまう。

それを抑えることができるのは『聖なる力を持つ乙女の祈り』だけ。

つまり、聖女の力を持つ者だけということになる。

聖女が祈る時、邪心や欲がなく、心が清らかな女性が行わなければならない。でなければ悪魔につけいられてしまうそうだ。

他国でも神官や教会の神父が悪魔祓いをすることもあるが、聖女には敵わない。

聖女の中には悪魔が取り憑いているものを目視でき判別できる者もいる。

悪魔を祓う方法、悪魔が取り憑いたものの保管方法などシュバリタリア王国は独自に研究していた。

それは悪魔の宝玉の影響で悪魔の数が他国より多いからだ。

代々、王妃になる者は聖女としての力が強いことがもっとも重要視される。

王妃は国にとって大切な役目を担っているため、その令嬢を輩出した家には名誉と様々な恩恵が与えられるのだ。

現王妃は伯爵家出身だったが、今では侯爵位を賜《たまわ》っている。

そのため跡を継ぐ男児も大切だが、聖女の力が強い令嬢も社交界では重宝されていた。

フランソワーズは元々聖女の力がとても強く、父の厳しい教育によって更に力をつけた。

その力は次第に歴代で最高と言われるほどに増幅している。

普段ならば国中の令嬢たちも力を合わせて、王妃と共に代わる代わる祈りを続けながら悪魔を抑えなければならなかったが、フランソワーズはたった一人でそれをこなすことができた。

国王や王妃に完璧だと称されるほど素晴らしい祈りで宝玉を抑えていたのだ。


物語ではフランソワーズが十二歳の時にセドリックの婚約者になった。

フランソワーズとセドリックの間には、特別な感情が芽生えることはなかった。

セドリックは完璧な王太子として今まで持て囃《はや》されてきたが、フランソワーズと婚約したことで、彼女を讃《たた》える声が増えていく。

見事に国王たちの期待に応えたフランソワーズにセドリックは陰ながら嫉妬していたのだろう。

セドリックはフランソワーズを嫌い、用がなければ近づくこともない。

ライバル視されている……そんな感覚だった。

形式的なパートナーだった二人の関係は外から見れば順調に見えたことだろう。

それから五年間、徐々に王妃や令嬢たちが宝玉の間に来ることが減り、ついにフランソワーズは一人となった。

今は一人で祈っていたとしても宝玉は透き通ったままだ。

ここ数年はフランソワーズが一人で祈ることが当然になった。

フランソワーズの自由な時間と引き換えだが、それを気にするものなどいない。

長時間祈り続けることなど、多感な時期の令嬢たちがやりたいとは思わないだろう。

王妃は次の担い手が現れて、長年の重荷から解放されるようにお茶会やパーティーに参加していた。

シュバリタリア国王も王妃に長年頑張った褒美《ほうび》を与えているつもりなのかもしれない。

フランソワーズの気持ちなど見えていないようだった。

重い負担を一身に引き受けていた彼女を労う言葉はなくなっていく。

それでもフランソワーズは何も言わなかった。祈っている時だけは何も考えなくていい。つらいことも苦しいことも忘れられるからだ。

けれどヒロインのマドレーヌはフランソワーズを超える聖女としての力を持っていた。

その力は強大で、最終的には悪魔の宝玉を灰にしてしまうほどに強いものになる。

それもフランソワーズの義理の妹になったマドレーヌが現れたことにより、すぐに覆されてしまう。

マドレーヌはベルナール公爵の弟、ラドゥル伯爵と夫人の娘だったが、二人が突然の事故死。

残されたマドレーヌをベルナール公爵家で引き取ることになる。

フランソワーズの従姉妹で、マドレーヌは義理の妹となった。

マドレーヌは心優しい性格で清らかな心を持っていた。

感情豊かで天真爛漫《てんしんらんまん》なマドレーヌは厳しい訓練を受けずとも、フランソワーズと同等の聖女としての力を持っていたのだ。

その力でずっと悪魔の力に苦しむ国民たちを助けていたそうだ。

マドレーヌは公爵領でも聖女として、領民を救いながら自分も知らないうちに力を高めていた。

聖女の力は宝玉に使うことが当たり前とされていたが、悪魔の宝玉の影響なのか、この国には様々な悪魔が人に取り憑いて悪影響をもたらすことがあった。

マドレーヌは悪魔を祓って、人助けをしていたのだ。

彼女の力でベルナール公爵家の評判はグングン上がっていく。

その愛らしい性格で自然と皆に愛されるようになった。

フランソワーズは自分の役目を果たしながら、マドレーヌに対しては距離を保っていた。

宝玉に祈りを捧げていたフランソワーズが久しぶりに城から帰ると、明らかにベルナール公爵邸の空気が違っていた。

フランソワーズに対してあんなにも厳しかった両親がマドレーヌを愛して褒め称えている。

フランソワーズの居場所はなくなり、すべてマドレーヌのものになっていたように思えた。

それを見た瞬間、フランソワーズの中で何かが壊れた。

両親はフランソワーズには見せたことのない表情をしていた。

マドレーヌに笑みを向けて彼女を可愛がっていた。まるでフランソワーズが抱いていた理想の親子のように。

彼女はフランソワーズと違い愛されている。

三人の姿を見たことでフランソワーズの心に亀裂が入ったかのように衝撃を受けることになった。

(どうして……わたくしはマドレーヌのように愛されなかったの？)

生まれて初めてだった。マドレーヌに対する強烈な嫉妬と怒りでどうにかなってしまいそうになっていた。

制御できない感情はフランソワーズを蝕《むしば》んでいった。

そこからフランソワーズはあらゆる手を使いマドレーヌを追い詰めようとしていく。

そんな悪しき心を宝玉に宿った悪魔に利用されてしまう。

フランソワーズは悪魔に唆《そそのか》されるような形で宝玉を黒く染め上げていくのだ。

マドレーヌたちがそのことに気づいたのは悪魔の宝玉が半分以上、黒くなってからだった。

宝玉の管理はフランソワーズに任せきりだったため、発見が遅れてしまいこの事態を簡単に引き起こせてしまった。

強い力を持っているはずの王妃の力すら及ばない。

悪魔が解き放たれる寸前、マドレーヌとセドリックの協力と愛の力によって再び宝玉は元に戻り国を救い結ばれるという話になっている。

そしてフランソワーズは悪魔を解き放ち、王国を破壊しようとした罪で死刑。

マドレーヌはフランソワーズの代わりにセドリックと結婚して、国を救った救世主として讃えられることになるのだ。


——本来ならばそんな物語になるはずだった。

フランソワーズはマドレーヌと顔を合わせた瞬間、前世の記憶と物語の流れを思い出すことができたのだ。

前世では天涯孤独の身だった。児童養護施設で育ち、ずっと素敵な家族に囲まれて過ごすことに憧れていた。

そのおかげで随分と可愛げのない性格に育ってしまったように思う。

しかし強くなければ生き残れないと思っていた。

窮屈《きゅうくつ》な思いと誰にも理解されない孤独、そして心ない声にも一人で耐えるしかない。

誰にも文句を言わせない、そんな思いから勉強を頑張って運よく就職することができた。

会社員として働き始め、通勤途中に小説や漫画を読むことを楽しみにしていた。

そんなある日のこと。高熱が出て倒れたことまで覚えているがその後の記憶はない。

そうして目が覚めるとフランソワーズになっていたのだ。

記憶を取り戻したのは、マドレーヌと出会った瞬間だった。

暫くは彼女の記憶と前世の記憶が混ざり合って混乱していたが、ここが読んでいた小説の物語の中だと思い出す。

物語では描かれてはいなかったが、フランソワーズの今まで体験してきた重圧や孤独は想像を絶するものだった。

体調不良で寝ていたいと訴えかけたとしても、当然のように義務だからと宝玉の前に引き摺《ず》られていく。

そこには両親の思惑も隠されていた。

フランソワーズが国にとって重要な役割を果たし続ければ続けるほどに父とベルナール公爵家の力は増していく。

国王や王妃はフランソワーズに仕事を任せきりでいる負い目から、父や母のやることには甘い。

父はやりたい放題だった。フランソワーズはそのための道具なのだ。

本来ならば王妃を中心に聖女たちが交代でこなす仕事を、ここ数年ではフランソワーズがたった一人でまかなっていた。

その負担は計り知れない。彼女が今まで感じていた悲しみ、我慢、苦悩が一気に流れ込んでくる。

悔しくて血が滲むほどに唇を噛んでいた。

周囲もそれが当然だと思っていて、フランソワーズを労う言葉すらない。

そんな状況とフランソワーズの気持ちを知ってしまえば、ここで幸せになれないことはわかっていた。

（このまま搾取《さくしゅ》され続けるのなんてごめんだわ。何か対策を考えないと……）

それまではマドレーヌを受け入れて仲良くする道も考えたが、彼女と接している中で原作のマドレーヌと性格が大きく違っていることに気がついたのだ。

最初は気のせいかと思ったが、フランソワーズに対する悪意ある態度に違和感を覚えていた。

フランソワーズの未来がないことを匂わせる発言。

事あるごとに自分のほうが聖女として優れていることをアピールしてくることもそうだ。

初めはマドレーヌに試されているのかと思った。

フランソワーズは様子を見るために黙ったまま反論することはないが、マドレーヌの行動はどんどんと大胆になっていく。

（わたくしと同じで前世の記憶を持っているのかしら。それにこの小説の内容も完全に理解しているみたいだわ）

そう気づいてしまえば、マドレーヌの行動も意図的で計算だと感じてしまう。

国を出ていくまでベルナール公爵やセドリックとの関係を修復することも頭に過《よぎ》ったが、マドレーヌがいる限り不可能だと悟る。

フランソワーズがせめてマドレーヌを虐げないように距離を空けようと注意を払っている間、勝手に『フランソワーズに虐げられている』と、自作自演を始めたのだ。

無理やり物語どおりに押し進めようとしている。

フランソワーズが対策を考えていたが、その間にも物語のストーリーを早送りしたような状態で進んでいく。

すべてマドレーヌの思いどおりだった。

(これは……あんまりいい状況ではないわね)

フランソワーズは直感的に自分が前世の記憶を持っていることをバレないようにしなければと思った。

マドレーヌにこのことがバレたらもっと面倒なことになるからだ。

フランソワーズは今までどおり〝フランソワーズ〟を演じて何も気がつかないフリを続けた。

当初、フランソワーズが死刑になるまで二年はあると思っていたが、あっという間に物語の終盤になってしまう。

マドレーヌは効率よく周囲の人物を掌握していく。

まるでそうなることが当然だというように重要人物を味方につけていった。

結果的には二年ほどかかる物語を半年ほどでクライマックスに持ち込むほどだ。

相当、小説を読み込んでいたのだろう。

(あなたがそうくるなら、わたくしも早く動かないとね)

フランソワーズだって半年の間、ただ断罪されるまで待ちぼうけしていたわけではない。

彼女の行動を見て、フランソワーズはこの日のために動いていきた。

マドレーヌにすべてを渡し、国を出て行こうと決意する。

隣国のフェーブル王国は大国ではあるが、治安がよく女性一人でもなんとか暮らしていくことができるそうだ。

フェーブル王国を目指すことを決め、次にお金を貯めなければならない。

侍女にバレないようにしながらフランソワーズは行商に頼んで持っていた宝石を少しずつ換金していた。

行商はフランソワーズの行動に驚いていたが、口止め料として宝石を渡す。

見栄っ張りな両親は、フランソワーズには興味はなくとも公爵家の人間として、王太子の婚約者として恥ずかしくないようにとたくさんのものを買い与えた。

大量の宝石が数個なくなったとしても侍女たちは気づくことはない。

この国から出るために必要なものはその行商から手に入れた。

髪色を隠すためのウィンプルという布や自分で着脱可能なワンピースや歩きやすそうなブーツを購入。

ただ、何もしないまま物語の終わりを迎えるのだけは嫌だった。

(せめてもう少し早く思い出せていれば……なんて悔いても仕方ないわね。今できることをやらないと)

ベルナール公爵やセドリックもマドレーヌに肩入れしている時点で、何を言ってもフランソワーズを信じることはないだろう。

セドリックはマドレーヌに夢中で、わかりやすいくらいにフランソワーズを邪険にしはじめた。

シュバリタリア国王と王妃も、セドリックの気持ちがマドレーヌに傾いていると知りながら見て見ぬフリをしている。

フランソワーズなら何も言わない、反抗することはないと思っているのだろう。そんなところも腹が立って仕方ない。

自分の時間を犠牲にして、こんな国を守ろうだなんて微塵《みじん》も思えなかった。

彼女を虐げたなど濡れ衣にもほどがあるし、マドレーヌに好き放題されっぱなしでは気が済まない。

(それにしても、よくこんなに堂々と嘘をつけるものね……)

たまにマドレーヌから聞こえてくるのは、何も知らないと思われているフランソワーズを馬鹿にする声。

陰で煽ってくることも腹立たしいが、フランソワーズはわからないフリをしながら演じていた。

淡々と『何か用かしら?』と言葉を返すと、マドレーヌは余裕の笑みを浮かべながら『別にぃ?』と言った。

幸い、マドレーヌに前世の記憶があることはバレていない。

マドレーヌは自分の立場を確立することに忙しくてフランソワーズの行動など、どうでもいいと思っていたからだろう。

彼女は虐げられていると言いながら、フランソワーズと一緒にいたことはほとんどないではないか。

今までの回想を終えて、フランソワーズは唇を歪めているマドレーヌを見据える。

(これですべてが思いどおりに終わると思っているんでしょうが……甘いのよ)

このまま原作どおりならば、フランソワーズは今まで溜め込んだ怒りを爆発させてテーブルにあったナイフを手に取り、マドレーヌに襲いかかるのだ。

今まで積み上げてきたものをすべてを失ってしまい、永遠に宝玉を浄化することを命じられる。

そして悪魔の宝玉を黒く染め上げた。だが、それが原作どおりならばの話だ。

フランソワーズがテーブルにあったナイフを手にしようとした瞬間、会場がざわりと騒がしくなる。

マドレーヌの視線は早く早くと訴えかけているようだ。

――カチャリ

フランソワーズが手に持ったのはナイフではない。

代わりにスプーンを手に取って、わざとらしく上に掲げていた。

「あら……このスプーンは曇っていますわよ？　まるでセドリック殿下の目のようですわ」

「なっ……！」

どうやらセドリックには『目が曇っている』、つまり判断力がないという嫌味が通じたようだ。

だが、マドレーヌは物語どおりにいかないことに愕然《がくぜん》としている。

その表情を見ているだけでも今まで〝フランソワーズ〟を演じてきた甲斐があったというものだ。

フランソワーズは皆に見せつけるように、にっこりと笑みを浮かべた。

それにはセドリックもマドレーヌも驚いた様子だ。

今日までフランソワーズは表情を露わにすることはなかった。ましてや人前で笑うことなどなかったのだから。

（やっと自由になれるわ……！）

わざわざくだらない茶番劇に出席したのは、堂々と国を出ていくためだ。

一方的な濡れ衣を着せられるだけでは腹立たしいので嘘をつき、人を一方的に貶《おとし》めた報いをうけてもらわなければ気が済まない。

（自分のついた嘘に苦しみなさい。こんな国のために祈り続けるなんてごめんだわ。わたくしはここを出て自由になるのよ！）

フランソワーズはスプーンをテーブルに置いて、改めて彼らに問いかける。

「侍女や令嬢たちが証言したこと以外に、わたくしがマドレーヌを虐げたという証拠はあるのでしょうか？」

「――――ッ！」

「そ、れは……」

「あるのは証言のみで証拠はない……それでわたくしをどう問い詰めようというのですか？　本当に彼女たちの証言だけでわたくしを国外追放にするおつもりで？」

フランソワーズの言葉に会場は静まり返っている。

彼女たちが証言していたからといって、ろくに調査もせず、証拠もなく国外に追放しようとしているのだ。どう考えてもありえない。

精々、調査が終わるまで軟禁しておくくらいでいいはずだ。

「では、その侍女と令嬢たちにわたくしがいつ、どこで具体的に何をしたのか。今すぐに証言をとってくださいませ」

「……！」

「もちろんマドレーヌと顔を合わせることなく、ですわよ？　口裏合わせは勘弁ですもの」

「ちょっ……そんなのっ」

マドレーヌの言葉を遮るようにフランソワーズは言葉を続ける。

「簡単なことですわ。セドリック殿下。パーティー会場でこのように宣言しておいて〝嘘〟だなんて、ありえませんわよねぇ？」

狼狽《うろた》えるマドレーヌとは違い、煽られたセドリックの額には苛立ちからか青筋が浮かんでいる。

今までフランソワーズにこのように言われたことがないからだろう。

フランソワーズは何があっても、ただ黙ってすべてを受け入れていた。

どれだけ尽くしても彼女は愛されることはないのに。

「……いいだろう。彼女たちを別室へ。調査を行ってくれ」

「ま、待ってください！　セドリック殿下」

「どうした？　マドレーヌ、自らの身の潔白を証明するチャンスだぞ？」

「そんなことやらなくても……本当に、わたしはっ！　信じてください。セドリック殿下っ」

「もちろん俺はマドレーヌを信じている。だからこそ真実を明らかにして、フランソワーズが悪なのだと、証明しなければならないのではないのか？」

「……っ！」

後ろめたいことがあるのだろう。マドレーヌは口籠もっている。

今まで何をされても黙り続けていたフランソワーズのまさかの反撃に彼女はたじろいでいるように見えた。

そしてこの会話やマドレーヌの反応で大体、勘がいいものは気づき始めるだろう。これが茶番劇であると。

マドレーヌの味方をしていた令嬢たちも焦りを滲ませる。

話を合わせようとコソコソと何かを話し合っていたが、セドリックの指示を受けた騎士たちによって、すぐに別室へと連れて行かれてしまった。

完全にマドレーヌを信用しているからこその行動だが、彼女にとっては予想外なのだろう。

戸惑うマドレーヌにフランソワーズは笑みを深めた。

(今までわたくしが何もしなかったから油断していたのね。すべてが思いどおりだと思っていたのに残念ね)

だが余程のことがない限り、フランソワーズの身の潔白は明らかになることはない。

セドリックはフランソワーズを一方的に悪だと思い込んでいるからだ。

「フランソワーズ、この罪が認められた時、お前は地べたを這いつくばって謝罪することになるぞ……!」

セドリックの脅しはまったく通用しない。何故ならフランソワーズは何も悪いことはしていないと胸を張って言えるからだ。

「別に構いませんわ」

「……なっ！」

それにフランソワーズの冤罪《えんざい》が明らかになっても、罪を被されてもどちらでもいい。

フランソワーズがこの国なら出て行った後ならば関係ないことだ。

「はっ……その余裕もいつまで続くのか」

「何を言われようと、わたくしが何もしていない事実は変わりませんもの。彼女に興味を持ったことすらありませんわ」

「なんだと……？」

フランソワーズの余裕のある表情に、セドリックもさすがに違和感を覚えているようだ。

完全にマドレーヌの言いなりになるほど、落ちぶれてはいないらしい。

早回しで物語を進めたことが仇になってしまったのかもしれない。

「それに、わたくしにここまでおっしゃるということは国王陛下とお父様に話を通していると考えてよろしいのですよね？」

「……っ」

フランソワーズの問いかけに、セドリックは苦虫を噛《か》み潰《つぶ》したような表情で視線を逸らしてしまった。

「まさかこれはお二人の独断で？　まぁ……随分と大胆ですこと」

物語よりも稚拙《ちせつ》な流れに驚きを隠せない。マドレーヌはフォローするように声を上げた。

「お、お父様やお母様だって、わたしの味方をしてくれるわ！」

「あら、そうですの」

フランソワーズはベルナール公爵と夫人に視線を送る。

しかし彼らがマドレーヌがこうした行動を取ることは知らなかったのだろう。

厳格な父もマドレーヌとフランソワーズを交互に見つつ、困惑しているように見える。

（物語ではこの段階でお父様や国王陛下の許可もあったはず……やはりマドレーヌは焦りすぎたのね。完璧な証拠を用意しないあたり準備不足は否めないわね）

フランソワーズは小さく息を吐き出してから、あることを問いかける。この国にとっては重要なことだ。

「それと何も学んでいないマドレーヌが〝アレ〟を守りきることができるのでしょうか？　今まで一度も祈りを捧げたことはありませんが」

アレとは悪魔の宝玉のことを指している。他国には事情を伏せているためアレと言ったのだが、シュバリタリア王国の貴族たちには十分に伝わる内容だろう。

「はっ……やはりマドレーヌの聖女の力に嫉妬しているようだな。だがマドレーヌが完璧にこなせると言っていた。問題はない」

「当然です！　わたしはフランソワーズお姉様よりも聖女としての力が強いの。完璧にこなせるはずだわ」

「あら……すごい自信ね」

マドレーヌは宝玉の話になると、表情が明るくなり自信満々に話している。

たしかに物語のマドレーヌは、聖女としての力で危機を脱して、悪魔の宝玉は砕け散ってなくなったことでシュバリタリア王国が平和になった。

だが、今のマドレーヌにそれができるとは思えない。

彼女は周囲の人たちを掌握することに忙しく、聖女の力や宝玉については何も勉強していないはずだ。

宝玉を一人で浄化できるようになるまではそれなりに時間がかかるだろう。その穴埋めを誰がするというのか。

小説のマドレーヌは困った人たちを救おうと勉強熱心で、心優しい少女だったことを思い出す。

(何もしていなくても、小説どおりにすれば大丈夫だと思っているんでしょうね)

シュバリタリア国王や王妃は今はこの場にいない。

セドリックにこのパーティーを任せて別室で寛いでいるはずだ。

このパーティーは十八歳になるセドリックの力量を試すための場でもあるのだから。

(だからこそこのタイミングを選んだのね。国王陛下と王妃陛下はわたくしがいなくなってからどうするのかしら。彼を庇う？　それとも……もうどうでもいいけど)

フランソワーズは悔しそうな表情で下唇を噛むマドレーヌを見ながらベルナール公爵たちの様子を見る。

彼らがフランソワーズを助けることはない。黙ったまま成り行きを見守っている。

実の娘であるフランソワーズを捨てて、マドレーヌを選ぶつもりなのだろう。

(やっぱりマドレーヌの味方なのね……わかっていたことだけど)

フランソワーズの心がズキズキと痛むような気がした。

それにこの会場でフランソワーズを庇う声は聞こえない。

塔の最上階で宝玉を守り続けているフランソワーズは、表立って何もしていないように感じるのだろうか。

実際、曇りや雨の日、新月の日などは悪魔の力が強まる日だと言われている。

そんな時、フランソワーズは一日中、部屋に籠もり祈らねばならなかった。

過酷な労働環境の中でも妃教育やパーティー、お茶会などにも参加しなければならないのだからたまらない。

その苦しみをわかっているはずの王妃ですら、フランソワーズに任せきりで、今までの我慢を発散するように自由に振る舞っている。

フランソワーズは、このまま婚約破棄されなければ過労死してしまっていただろう。

「他にも言いたいことはありますが、わたくしはセドリック殿下のお言葉に従いますわ」

「……！」

「婚約の破棄についてもお父様も異論はないようですし、わたくしにとっても、願ってもない申し出ですわ」

「なんだと……!?」

ザワリと湧き立つように会場からは声が上がる。

フランソワーズの行動を不思議に思うのも無理はない。

先ほどまでフランソワーズは自分の身の潔白を証明しようと抵抗していたように見えただろう。

それなのに今度は手のひらを返したようにセドリックから伝えられた処遇を受け入れたのだ。

「ああ、わたくしを国外に追放するのでしたのよね？　今すぐ出て行ったほうがよろしいかしら」

「……！」

「このような屈辱を受けてまで、この国にいようと思いませんもの。それにこんな方たちのためにずっと祈りを捧げていたのだと思うと最悪な気分です」

フランソワーズの毒を含んだ言葉に反応を見せる人もいれば、何のことだかわからないと言いたげに首を傾げている者もいる。

この言葉の意味は、フランソワーズがいなくなり初めてわかることだろう。

「その役目から解放されて心から嬉《うれ》しいと思っておりますわ。ありがとうございます」

とりあえずは言いたいことはすべて言ったためフランソワーズは満足だった。

こんな状況でも堂々と胸を張っていられるのは己の身が潔白だからだろう。

にっこり笑みを浮かべたフランソワーズにセドリックやベルナール公爵の顔が曇る。

「お、大口を叩いておいて、結局は罪を認めるということなのかっ⁉」

セドリックはフランソワーズを責めるようにそう言った。

「認めていませんわよ？　ですがセドリック殿下の言葉に逆らうわけにもいきませんから」

セドリックは焦りを滲ませている。

「フランソワーズ、待てっ！　一旦、父上に報告を……」

「セドリック殿下こそ、ご自分の発言を撤回するおつもりですか？　随分と軽薄ですこと」

「なっ……⁉」

フランソワーズに煽られたセドリックは、怒りからか顔を真っ赤にしている。

「セドリック殿下、公の場ではしたないですわよ」

「……貴様っ、俺を愚弄する気か⁉」

取り繕うこともなく反応する彼にフランソワーズは「あらあら」と口元に手を当てた。ここで彼と言い争ったところで時間の無駄だ。

「では、わたくしは失礼させていただきますわ。マドレーヌとお幸せに」

フランソワーズは今まで培ってきた美しいカーテシーを披露する。

悪役令嬢らしく口角を上げてクスリと笑ってから背を向けて、真っ赤な絨毯の上を歩いていく。

「アイツを今すぐ捕らえろっ！」

というセドリックの声が聞こえたような気がしたが、騎士たちもフランソワーズに手を出せないでいる。

フランソワーズが塔の最上階でずっと祈っていることを知っているのは護衛の騎士たちくらいだろう。

だからこそフランソワーズに手が出せない。

シュバリタリア国王もおらず、ベルナール公爵も何も言わないことから動こうか迷っているようにも見えた。

こんな曖昧な状況でフランソワーズを捕らえるわけにはいかないと思ってくれたのかもしれない。

騎士たちに心の中でお礼を言いつつ、カツカツとヒールを鳴らしながら早足で会場を後にする。

フランソワーズの背後でバタリと音を立てて重厚な扉が閉まる。足を進めて目的の場所を目指す。

人がいなくなるにつれて、その足取りはどんどんと軽くなっていった。

(ウフフ、うまくやれた。これでわたくしは自由よっ！)

フランソワーズはヒールを脱ぎ捨てて、手に持つとある場所に向かって全力で走り出す。

今までフランソワーズのように感情を一切出さずに、彼女を演じて耐え続けるのはつらかった。

フランソワーズは、今日という日が待ち遠しくて仕方なかった。

マドレーヌの計画をひっくり返せて清々しい気分だ。

(今日まで頑張ってきてよかったわ)

フランソワーズは城にあるフランソワーズ専用の部屋へと足を踏み入れる。

クローゼットに隠していたナイフでコルセットの紐を切る。

ドレスを脱ぎ捨ててから、簡易的なワンピースに着替えた。

今日のために自分で着脱可能なワンピースを買ったり、侍女たちの手捌《てさば》きを見て脱ぎ方を学んでおいて正解だった。

(今は騒がしい会場を落ち着かせることに忙しいでしょうけど、お父様やセドリック殿下が動く前に城の外に出ないとよね……！)

この日のために準備していた大きなカバンをクローゼットの奥から取り出す。

ヒールから歩きやすい編み上げのブーツに履き替える。フランソワーズは部屋から顔を出して、人がいないことを確かめてから部屋を出た。

　このまま裏口を使って、外に出ようとした時だった。


「どこにいくんだい？　フランソワーズ嬢」

「……ッ!?」

　突然、声をかけられたことでフランソワーズの肩が大きく跳ねる。

　シトラスの爽やかな香りが鼻を掠《かす》めた。

　声がしたほうに視線を向けると、艶やかな黒髪がサラリと流れた。

　サファイアのような青く透き通った瞳が細まったのを見て、一目で誰かわかってしまった。

（ステファン・ル・フェーブル……隣国のフェーブル王国の王太子。彼がどうしてこんなところにいるの？）

　フランソワーズは別人を装おうとするものの、先ほど名前を呼ばれたことを思い出して断念する。

　平静を装いつつも、逃げ場のない状況に焦りを感じていた。

　何より思ったことが表情に出やすいセドリックと違い、ステファンはいつも笑顔を崩さない。

　ミステリアスな雰囲気で、考えが読めないことがフランソワーズの記憶からわかる。

　そういえばと次巻の小説の舞台にフェーブル王国が関わっていることを思い出す。

　次の巻の内容を知らないフランソワーズには彼が結局何者なのかはわからない。

「ステファン殿下、ごきげんよう」

「この状況で普通に挨拶を返してくるところが、君らしいね」

「何か御用でしょうか？　用がないようでしたら、わたくしは急いでいるので失礼いたします」

ステファンに頭を下げて、足早に立ち去ろうとしたフランソワーズは手首を摑まれて引き止められてしまう。

フランソワーズは振り返りつつ、手首を見ながらステファンに訴えかけるように視線を送る。

「……離してくださいませ」

「どこに行こうとしているのか聞いてもいいかな？」

ステファンはフランソワーズを必死に引き留めようとしている。

（ステファン殿下はいつも紳士的だけれど、今日は随分と強引なのね）

彼は常に笑顔を絶やさずに、どんな時でも紳士的な対応をしている品行方正な王子様だ。

中性的な端正な顔立ちとは逆の細身ではあるが引き締まった肉体。

ひたすらに己を鍛え上げて剣を極めており獰猛な猛獣を一人で倒してしまうほど強いそうだ。

噂では彼の体には黒い刺青のようなものが入っているそうで、常に血と戦いに飢えている恐ろしい一面があるという。

そんなギャップもあり、シュバリタリア王国の令嬢たちの間でも常に名前が上がるほど大人気だ。

フェーブル王国という大国の王太子である彼に婚約者はいない。

婚約者はおろか、特定の女性と親しくしているところも見かけない。

セドリックとパートナー必須のパーティーに出ていても、彼だけはいつも一人でいる。

そんなステファンを見てフランソワーズは不思議に思っていたのだ。

彼ならば相手に困らないだろうし、優しくて誠実なので婚約者を幸せにできるだろう。

ステファンが、このタイミングでフランソワーズに接触したことが意外だった。度々、声をかけられることはあっても挨拶《あいさつ》程度で長い時間話したことはない。

いつもとは違う強引な態度にも驚いていた。そして質問に答えない限り離してもらえないだろう。

フランソワーズは仕方なく唇を開く。

「どこにいくのかは内緒ですわ」

「……そうなんだね」

この状況で『フェーブル王国に行く予定です』とは言えそうになかった。

フランソワーズは過酷な労働環境にいたが、特別な力を持っていたため常に守られていた。

それがなくなり外の世界は危険がたくさんあることはわかっていたが、ここに縛られ続けるよりはずっといいと思っていた。

ステファンの唇は弧を描いてはいるが、いつもの笑みとは少しだけ違うようだ。

フランソワーズはステファンに摑まれている手首を無理やり外してから、何事もなかったかのように前を通り過ぎようとした時だった。

ステファンが持っている鞘がフランソワーズの行く手を阻むように目の前へ。

フランソワーズは計画を邪魔されたことが腹立たしくなり、思わずステファンを睨みつけて剣の鞘を強く握る。

「フランソワーズ嬢がこんなにも感情豊かだったなんて意外だな。新しい一面を見ることができて嬉しいよ」

「わたくしもこんな乱暴な方法で行手を阻まれたのは初めてですわ。噂とは違って強引ですのね」

「誤解だよ。僕は君と話をしたいだけなんだ」

「今は時間がありませんの。また今度にしてくださいませ」

「あはは、それは困ったなぁ……」

フランソワーズが無理やり前に進もうとするのを笑みを浮かべながら引き止めるステファン。

このままでは埒《らち》が明かないと、フランソワーズはため息を吐いてステファンに訴えかけるように言った。

「わたくしは今すぐにこの国を出て行かなければならないのです。先ほどステファン殿下も会場にいらっしゃったのなら、今のわたくしの状況をわかってくださいますでしょう？」

「ああ、ひどい有様だったね。あのまま二人を問い詰めていたら君の優位に進んでいたはずだ」

「……そうですわね」

「でも君は自分の身の潔白を最後まで証明することなく身を引いてしまった。それにこの用意周到な様子を見るに……フランソワーズ嬢は、自分の立場を捨てるつもりだったのかな？」

「……っ！」

フランソワーズの表情がわずかに動く。

ステファンはフランソワーズが今からしようとしていることをピタリとすべて当ててみせたからだ。

「君はこの国を出ていくんだね？」

決定的な言葉を吐くステファンに、フランソワーズは肯定も否定もせずに彼を見つめ返す。

「……セドリック殿下から婚約を破棄されて、国外に追放されましたから。それにあの場にいたお父様にも手を差し伸べられることはない。義妹に立場を奪われた令嬢がどうなるかなんてわかりきったことでは？」

「……」

「わざわざ口に出さなければ、ステファン殿下は理解できませんか？」

苛立ったフランソワーズがセドリックにしたように煽ってみたとしても、ステファンはにこやかに笑ったまま表情一つ動かさない。

さすがというべきだろうか。彼はフランソワーズが何を言いたいのかわかったうえで、そう問いかけているのだろう。

「……これ以上の詮索は野暮《やぼ》かな」

「そうですわ。では、わたくしは忙しいので……っ」

そう言いかけた瞬間、フランソワーズの体がフワリと浮いた。

「…………え？」

「なら、僕に手伝わせてくれ」

ステファンに抱きかかえられているとわかったのは彼の顔が間近に迫っていたからだ。

透き通るような青い瞳に見つめられて、フランソワーズの心臓がドクリと跳ねた。

「随分と軽いんだね」

「〜ッ!?」

驚きから声が出ないフランソワーズとは、ステファンは軽々と持ち上げてしまう。

「先ほどのドレス姿も素敵だったけれど、今の服装もフランソワーズ嬢に似合うよ」

「ス、ステファン殿下、下ろしてくださいませっ！」

フランソワーズは手足を動かしてバタバタと暴れるが、まったく動じる様子はない。

そしてステファンの後ろからフェーブル王国の騎士が二人現れる。

彼の指示を受けて一人はフランソワーズの荷物を持ち上げた。

それからもう一人は、足早でどこかに向かう。

フランソワーズがステファンから逃れようとするものの、彼はびくともしない。

それから当然のように誰もいない城の廊下を歩いていくステファンに抗議するように口を開く。

「このっ……離してくださいませ！」

「いつもあんなに淑《しと》やかだった君が、こんなにおてんばだったなんてね。どうして今まで従順なフリを？」

「ステファン殿下、いい加減にしてください！」

「フランソワーズ嬢、あまり騒ぐと誰かに気づかれてしまうよ」

「……っ！」

「僕はただ話を聞いてほしいだけなんだ。だからこのまま大人しくしてくれるかい？」

いつもの紳士的な笑みも、今回ばかりは意地悪に見える。

彼の『話を聞いてほしい』という言葉が引っかかる。

（先ほどから何度も話を聞いてほしいって言うけれど……ステファン殿下はわたくしと何を話したいのかしら？）

ステファンは城の外に向かっているようだが、こうしてフランソワーズを抱えて移動しているところを見られたら彼だってよくないだろう。

人を呼ぼうとするが、それではフランソワーズも逃げることはできなくなってしまう。

（わたくしの自由が……っ、どうしてこんなことに！）

やっと自由を手に入れられると意気込んだ途端に、希望を取り上げられてしまった気分だ。

ステファンから逃げることを諦めたフランソワーズは、彼に抱えられながら大人しくしているしかない。

もうすぐ外に着くという時に再び逃げようかと迷っていると、そんな様子に気がついたのか、フランソワーズの体を支える逞《たくま》しい腕の力が強まったような気がした。

鍛えているであろうステファンと、いつも宝玉を抑えるために祈ってばかりでほとんど動かないフランソワーズ。

彼から逃れるのは不可能だろう。

ついに城の扉を出て、門までたどり着く。

フェーブル王国の王家の馬車を目にした瞬間、フランソワーズはステファンを見た。

(どこに連れていかれるのかしら。まさかこのままフェーブル王国に……?)

門番はフランソワーズを抱えているステファンを見て、目玉が飛び出してしまいそうなくらい驚いている。

すぐにステファンが笑顔で「内緒にしてくれるかい?」と威圧すると、門番は怯えた表情でブンブンと首を縦に振って頷《うなず》いているのが見えた。

目の前にはフェーブル王国の馬車がある。

先ほどステファンが指示を出して、フランソワーズの荷物を運んでいた騎士たちの姿もそこにあった。

フランソワーズと目が合うと軽く会釈する。

煌びやかに装飾されている馬車の扉が開くと、そこには先ほどフランソワーズが用意していた荷物があった。

「フランソワーズ、国を出ていくつもりなら僕と一緒にフェーブル王国に来てくれないか」

大国の王太子にそう言われてしまえば、フランソワーズは何も言えなくなってしまう。

追い討ちをかけるように馬車と彼に挟まれるような形で下ろされてしまった。

まるで逃げることは絶対にできないと言われているようだ。

ステファンはその場から動けないでいるフランソワーズを馬車の中に誘導しようとしているが、さすがに我慢できずに声を上げた。

「待ってください！　まだ何も説明されておりません。でなければ馬車には乗りませんから」

理由もわからないまま馬車に乗ることはできない。

震える手でフランソワーズはワンピースの裾を掴んでいた。

ステファンは困ったように笑いつつ「危害を加えるつもりはないんだ」と微笑んでいる。

だが強引に連れてこられたせいで、フランソワーズはステファンを警戒していた。

「理由は馬車の中で話したい。人に聞かれたくないんだよ」

頑なに理由を説明しないステファンは、真剣な表情だ。余程の事情なのだろうか。

ため息を吐いたフランソワーズはあえてステファンの手を取ることなく、自分から馬車の中に入っていく。

（まさかこのタイミングでステファン殿下に捕まるなんて予想外だわ）

ステファンは騎士や御者に声をかけた後に馬車の中へ。

フランソワーズの前に腰かけた彼の合図で馬車は走り出す。

窓の外を眺めていると、どんどん王都から離れていく。

今から本当にフェーブル王国に向かうのだろうか。フランソワーズの想像していた行き方ではないため戸惑ってしまうが、フェーブル王国へ行けるのでありがたいと思うべきなのか。

馬車の中でステファンは先ほど饒舌《じょうぜつ》だったことが嘘のように黙り込んでいる。

重苦しい沈黙に耐えかねてフランソワーズは口を開いた。

「ステファン殿下、パーティーはもうよろしいのですか？」

「ああ、セドリックにプレゼントや手紙は渡してあるし、あの状況で彼らに挨拶をするなんてありえないよ。それに僕は……」

そう言いかけたステファンはフランソワーズをまっすぐに見つめた後に視線を逸らしてしまった。

フランソワーズは首を傾げていると、またいつもの笑みを浮かべたステファンは口を開く。

「貴族たちが集まる中で証拠もないのに、あのようなパフォーマンスをする王太子と親しいと思われても嫌だしね」

「……まぁ、そうですわね」

セドリックは大国の王太子であるステファンと親しいことを自慢して回っていた。

だが、ステファンはそこまでセドリックをよく思ってはいないようだ。

(意外だわ……よく話している姿は見かけるけど、親しいわけではないのね)

フェーブル王国はシュバリタリア王国に対して友好的だった。

その理由はフランソワーズにはわからないが、なにか事情があることは確かだろう。

それに自身の誕生日パーティーで、あのような騒ぎを起こしたセドリックがよく見えるはずもない。

フランソワーズとセドリックは婚約関係にあったのに、マドレーヌとあの場に立つなど自分の不貞行為を堂々と告白しているようなものだ。

小説の中では控えめなマドレーヌは会場で両親と共にいた。

しかし今回、マドレーヌはセドリックの隣で腕を組み胸を擦りつけていた。はしたなくて見ていられなかった。

（マドレーヌはセドリック殿下を体で落としたのかしら……さすがにそれはないでしょうけど）

フランソワーズとセドリックはそのような雰囲気になったこともなく、多感な時期には婚約者が決まっていた。

そんなセドリックがマドレーヌに迫られれば、断れないのかもしれない。

それにフランソワーズを追い詰めるつもりが、逆に返り討ちにあったとなれば建前もプライドもボロボロだろう。

それもフランソワーズの冤罪が証明されたら、立場はもっと悪いものとなるが、醜聞《しゅうぶん》は権力で握りつぶされてしまうことはわかっていた。

本当はもっと言いたいことがいっぱいあったが、少なくともあの場にいた貴族たちは宝玉のこともあり、不安が残ったことだろう。

マドレーヌが何も学んでいないことだけは確かなのだから。

（もうわたくしには関係ないけれど……）

再びフランソワーズは窓の景色を眺めていた。どのくらいそうしていただろうか。

ふと、フランソワーズがステファンに視線を向けると彼は青ざめていて明らかに体調が悪そうだ。

「ステファン殿下、顔色が悪いですが大丈夫ですか？」

「平気だ……すまない」

フランソワーズがステファンに手を伸ばして触れようとするが、彼は静かに首を横に振る。

体が痛むのか胸に手を当てて俯《うつむ》いてしまった。

平気そうには見えないのだが、何か理由があるのだろうか。フランソワーズは彼に触れようとした手を引いた。

ステファンは荒く息を吐き出している。

「まさかここで……こんなことになるなんてね」

「ステファン殿下、休んだほうが……！」

「フランソワーズ嬢、近くの教会に寄らせてもらってもいいだろうか？」

「……教会ですか？」

「ああ、そこで休めば少しは落ち着くはずだ」

フランソワーズはステファンの言葉を不思議に思いつつ頷いた。

王都にはたくさんある教会も、離れるほど数は少なくなり見つけるのは大変だ。

ステファンの体調はだんだんと悪化していく。

御者も騎士たちも知らない土地で教会を探すのは難しいらしい。

フランソワーズも自国ではあるが、王都から離れてしまえば何があるのかは地図がなければさすがにわからない。

聞き込みをしながら教会を探すが、人の姿も疎《まば》らでこちらを警戒しているのか距離を取られているようだ。

フランソワーズにはどうしようもできなかった。

御者や騎士たちの表情に焦りが滲む。

（何故、医者ではなくて教会なのかしら。それにこの気配……どこかで感じたことがあるような）

ステファンは大粒の汗が額に浮かんでいき、徐々に症状は悪化していく。

二人の騎士に何かの病かと説明を求めるも口をつぐんで答えを濁してしまった。

今まで黙っていたフランソワーズだったが、ステファンの様子を見て口を開く。

「今すぐに医師に診てもらったほうがいいのではないでしょうか？」

「医師、など……役には立たないさ」

「え……？」

「廃《すた》れてたって教会のが、まだマシだ」

ステファンの言葉を疑問に思いつつも、フランソワーズは彼の首にシャツが食い込んで赤くなっていることに気がついた。

「ステファン殿下、シャツのボタンを外したほうが……」

フランソワーズの言葉を受けて、首元に手を伸ばしたステファンだったが力なく腕が下に落ちてしまう。

「……力が入らない」

苦しそうにヒューヒューと鳴る喉の音がここまで聞こえた。

フランソワーズはステファンの首元に手を伸ばす。

「失礼します……！」

荒く息を吐き出すステファンのキッチリと締められたクラバットを取り、シャツのボタンを丁寧に外していく。

ステファンの肌にある違和感を覚えてフランソワーズは手を止めた。

初めは黒髪が汗で肌に張り付いているのかと思っていた。

しかし明らかに髪ではなく、肌に直接入っている模様だとわかる。

フランソワーズはステファンのある噂について思い出していた。

(肌に黒い模様のようなアザがあるわ。刺青が入っているって本当だったのね……)

禍々《まがまが》しいほどに黒く、体全体に伸びている。フランソワーズにはこのアザが刺青ではないことはすぐに理解できた。

これを見た瞬間から、思い当たることがあった。

(悪魔の宝玉から出ている空気と似ている……！　とても強い力を感じるわ)

それを確かめるためにフランソワーズがステファンに触れようとした時だった。

「──触るなっ！」

「……っ！」

フランソワーズの手を弾いたステファンの表情は怒りに満ちている。

普段の紳士的なステファンとはかけ離れた態度に驚いていた。

フランソワーズはビリビリと痺れる手を庇《かば》うように掴む。

ステファンはショックを受けているのか小さく「……すまない」と申し訳なさそうに眉を顰《ひそ》め、頭を抱えてしまう。

何かの衝動を必死に抑えているようだ。

（彼はわたくしを何かから守ろうとして手を叩いたのね……）

フランソワーズは手を伸ばして、震えるステファンの手を握った。

驚いているステファンを気にすることなく、フランソワーズは目を閉じて力を込める。

（宝玉を浄化するように、祈りを捧げればきっとよくなるはずだわ）

そしていつものように祈っていた。


体感的に十分くらい経っただろうか。

宝玉が落ち着いた時と同じ感覚がして、フランソワーズがゆっくりと瞼《まぶた》を開く。

そこには驚いた表情でこちらを見ているステファンの姿があった。

「まさか……嘘だろう？」

先ほどの顔色の悪さが嘘のように血色のいい肌を見て、フランソワーズはホッと息を吐き出した。

自らの体を触りながら何かを確かめているステファンを見ながら、フランソワーズは問いかける。

「ステファン殿下、大丈夫ですか？」

「ああ……フランソワーズ嬢のおかげでよくなったみたいだ」

「そうですか。なら、よかったです」

「やはりシュバリタリア王国の〝聖女〟というのはすごい力を持っているんだね」

フランソワーズの手を握り、飛びつくように顔を寄せるステファンを見て驚いていた。

ステファンはすっかり体調がよくなったからか、御者に教会に寄らなくてもいいと声をかける。

すると教会を探しに行き、情報を集めに行っていた護衛の騎士、二人が戻ってきた。

回復したステファンの様子を見て三人は驚愕していた。

「ステファン殿下、もう大丈夫なのですか⁉」

「イザーク、ノア……フランソワーズのおかげでよくなったんだ」

「信じられません……！」

フランソワーズはいまいち状況がわからないまま、ステファンたちのやり取りを眺めていた。

ステファンの側近でもある二人の騎士の名前は、イザークとノアというらしい。

イザークはライトブラウンの短髪に頬に傷がある背も高く体格のいい男性だ。

ノアはステファンと同じで中性的な顔をしていて、ワインレッドの長髪を結えている。御者も安心した様子で馬を撫でている。

「フランソワーズ嬢のおかげだ。本当に力を押さえ込むことができた。もしかしたらオリーヴを救えるかもしれない……！」

何がなんだかわからないままフランソワーズが様子を窺っていると、安心したように微笑む彼と目があった。

「今すぐフェーブル王国に行かなければっ！　フランソワーズ嬢、どうか力を貸してくれ。君の力ならばきっとオリーヴを救える……！」

その声と同時に馬車は再び走り出す。

フランソワーズはステファンに聞かなければならないことがあった。

「ステファン殿下、きちんと説明してください。その黒いアザやステファン殿下がどうして聖女の力を欲しているかを」

「…………」

「先ほど救ってほしい……と、おっしゃっていましたが何か事情があるのでしょうか？」

フランソワーズの言葉にステファンは「フランソワーズ嬢にはすべてを説明するよ」と言った。

するとステファンはシャツに手をかけて、下までボタンを外し始める。

馬車の中でいきなり服を脱ぎはじめたステファンを見てフランソワーズは反射的に両目を手のひらで覆った。

「なっ、なにを……！　服を着てくださいませっ」

「見てもらったほうが話が早いと思ってね」

フランソワーズはゆっくりと手のひらを外していき、ステファンを見る。

彼の鍛え上げられた引き締まった肉体よりも真っ先に目に入るもの。

それは体全体を蝕むように這っている黒いアザだった。

まるでイバラのように刺々《とげとげ》しく肌を覆っている。

禍々しさを感じてフランソワーズは目を見張り、口元を押さえた。

先ほど首にまで上がっていた黒いアザは胸まで下がっている。

その気配は悪魔の宝玉の中に渦巻く黒い煙とよく似ているような気がした。

「これは……悪魔の呪い、ですか？」

「……そうだね」

「何故、解呪されないのですか？　フェーブル王国にも悪魔祓いをする方がいるはずですよね？」

シュバリタリア王国のように『聖女』はいなくとも、悪魔を祓う『悪魔祓い』が、いるということはフランソワーズも知っていた。

常に教会にいて祈りを捧げている神父にもその力があると聞いたことがある。

「……できなかったんだ」

「できない？　何故でしょうか」

「とても強い悪魔だったらしく、誰も祓うことができなかった」

「……！」

「シュバリタリア王国の聖女に来てもらったこともあったんだが、解決することはなかった……王家にも力の強い聖女は国の外に出せないと断られていたんだ」

「力の強い聖女、ですか？」

「ああ……王妃にも頼んだんだが長い時間、国を離れるわけにはいかないと言われてしまった。守るものがあるから、と」

フランソワーズには、それが宝玉を守るためだとすぐに理解できた。

（シュバリタリア国王は何故フェーブル王国に力を貸さなかったのかしら……王妃陛下なら強い悪魔でも祓えるはずでは？）

もし悪魔を祓えたら、フェーブル王国に大きな貸しを作ることだってできるはずではないだろうか。

彼らがそれをしなかった理由が気になっていた。

それとシュバリタリア王国で、もっとも力が強い聖女であるはずのフランソワーズに声がかかったことはない。

(シュバリタリア国王がフェーブル王国に力を貸さなかった理由は何……?)

考えても答えは見つからない。

シュバリタリア王国はフェーブル王国に隣接しているが、国土は五倍ほど。

いつフェーブル王国が攻め入ってくるのか怯えて対策を講じていたが、そんな話も聞かなくなった。

(まさか……内情を知った上でフェーブル王国の失脚を狙っていたのかしら)

王太子であるステファンが悪魔に呪われている状況がシュバリタリア王国にとって都合が良かった、と考えることもできる。

シュバリタリア国王たちの真意はわからないが、色々な思惑が重なっているような気がした。

「今日までなす術なく、僕たちはただ耐えるしかなかったんだ」

そう言った瞬間に、ガタガタと大きく揺れる馬車。

窓から見える景色はいつの間にか真っ暗になっていた。

フランソワーズは馬車の揺れに耐えるために壁に掴まるようにして身を寄せる。

「フランソワーズ嬢、大丈夫か?」

上半身が露わになったまま伸ばされるステファンの逞しい腕。

シャツの隙間からは鍛え上げられた肉体が露わになっている。

目のやり場に困ったフランソワーズはバッと視線を逸《そ》らす。

自分の今の格好に気がついたステファンはフランソワーズから離れると、申し訳なさそうに咳払いをしてシャツのボタンを閉めていく。

「……すまない」

「い、いえ……」

気まずい雰囲気の中、話を続けるためかステファンは空気を変えるために咳払いをする。

「妹のオリーヴは幼い頃、突如として不治の病に侵されていたんだ」

「……オリーヴ王女が？」

フランソワーズもステファンの妹、オリーヴが病弱であることは知っていた。

彼女が表舞台に出てくることはない。

先ほどステファンが『オリーヴを救える』と言っていたことを思い出していた。

「オリーヴの病をどうにかできないかと、治療法をずっと探していた。城の地下にある古い書庫にヒントがないかと思っていたのだが……ある本に触れた途端、僕までこのようになってしまったんだ」

「まさか、その本が？」

「ああ……そうなんだ」

最初はどこかにぶつけたアザか汚れだと思ったそうだ。

徐々に広がる奇妙なアザを見て『悪魔の呪い』ではないかという結論に至ったそうだ。

後々、わかったことだそうだがオリーヴも病にかかる前、書庫に忍び込んで遊んでいた際にその本に触れたことがあるということだった。

「その本は今どこにあるのですか？」

「城の地下室に誰も触れられないようにしている」

「……！」

フランソワーズはそれを聞いて眉を寄せた。

地下にあるということは、本は太陽の光に触れていないということだ。

闇の中にあるということは、悪魔の力が強まってしまう。

シュバリタリア王国の悪魔の宝玉ほど力はないとしても、ステファンとオリーヴに強く影響を及ぼしているに違いない。

「そこでシュバリタリア王国や聖女について色々と調べていたんだ。力の強い聖女は誰なのかと聞いて情報を集めていた」

「……そうなのですね」

「シュバリタリア王国で一番力の強い聖女は〝フランソワーズ〟だということを知ったんだ」

ステファンはフランソワーズをまっすぐ見つめていた。

「僕はずっとフランソワーズ嬢に接触する機会を探っていた」

「……え？」

ステファンはパーティーや外交の度に、聖女の情報を集めていたそうだ。

フランソワーズが一番、強い力があると知って接触しようと試みていたらしい。

しかしフランソワーズとは、大きなパーティーでしか接触できない。

それにすぐ帰ってしまい、なかなか話ができなかったらしい。

ステファンがセドリックと表向きだけでも懇意《こんい》にしていた理由がわかった。

パーティーの後、ステファンが強引な態度をとったことやフランソワーズを逃がさないようにと必死だった理由がやっとわかったような気がした。

「今は国中の神父や神官を集めてオリーヴの病を食い止めようとしているんだが……」

ステファンの表情が苦しげに歪んでいる。

恐らくオリーヴの状況は、あまりいいものではないのだろう。

シュバリタリア王国には悪魔の宝玉があるせいで、悪魔や呪いが集まりやすい。

だからこそ聖女たちの力や悪魔祓いの知識が発展したのだといわれている。

女神シュバリタリアの血は貴族たちに脈々と受け継がれているが、他国では悪魔はそこまで身近なものではない。

教会に縋《すが》ったり、悪魔祓いをしたりするそうだが、大抵はなす術なく呪い殺されてしまう。

それが悪魔の仕業だと気づかぬまま……。

「そんな時に君がセドリックから婚約破棄を告げられて、国外追放された……フランソワーズ嬢が国を出るつもりだと知って、力を借りたいと思った」

「……！」

「だからこそ強行手段に出たというわけだ」

今までの経緯を聞いて、フランソワーズは不自然な彼の態度の理由を理解することができた。

「初めからそう言ってくだされればよかったのです……！」

「このことは伏せているんだ。人に聞かれるわけにはいかなかった。あの場で君に納得してもらう理由を話すには時間が足りないと判断したんだ……他国で好き勝手するにも限度はあるだろう？」

「そうですが、いきなりだと驚きますわ……！」

「本当に申し訳ないと思っているよ。オリーヴを救えるかもしれないと必死だったんだ……それに君も平民として歩いて国外に行くのは大変だろう？」

「……！」

「美しいから、すぐに攫《さら》われてしまうだろうね」

「わたくしがどうするつもりか、どうしたいのか……初めからわかっていたのですね」

「利害が一致していれば要望が通りやすい。そうだろう？」

ステファンはフランソワーズの状況を予測した上で話していたのだろう。

場を和ませるためなのか、ステファンはいつものように笑みを浮かべた。

「そして今、フランソワーズ嬢は僕の呪いを抑えてみせた。どうかオリーヴのために、力を貸してくれないか？」

「……！」

ステファンは真剣な表情でフランソワーズを見つめている。

（自分よりもオリーヴ王女を救ってほしいということ？　ステファン殿下も呪いに苦しんでいるのに……）

フランソワーズは当然のように自分の名前を出すことなく、オリーヴを救ってほしいという彼の言葉を不思議に思っていた。

「ステファン殿下はよろしいのですか？」

「……どういう意味かな？」

「オリーヴ王女と同じで、呪いを身に受けているのですよね？」

するとフランソワーズの言葉の意味を理解したのか、ステファンは小さく笑った。

「誘拐のような真似をしておいて頼める立場ではないからね。それに君は……自由になりたかったのだろう？」

「……！」

「あの時、フランソワーズ嬢はとても嬉しそうな顔をしていた。それを僕が邪魔してしまったんだ」

ステファンはこんな時でもフランソワーズの気持ちを優先しようとしてくれている。

（自分がこんなにも苦しんでいる時に、他人を気遣う言葉が出るかしら……）

フランソワーズはステファンが何を考えているのか、彼がどんな人物なのか気になってしまう。

「フランソワーズ嬢、フェーブル王国に来て聖女の力を貸してくれないか？」

「……っ⁉」

「君の力が必要なんだ」

ステファンのタイミングがよすぎる申し出にフランソワーズの心が揺れ動く。

それに妹への気持ちを聞かされてしまえば、断ることなどできない。

「わかりましたわ」

「……いいのかい⁉」

「ステファン殿下のおっしゃるとおり、わたくしはこの国から出て自由になりたいと思っておりましたから」

フランソワーズがそう言うと、ステファンの表情がパッと明るくなった。

「フランソワーズ嬢はフェーブル王国で保護するよ。望むなら僕が彼らから君を守る。それに衣食住、すべてを保障しよう」

「……！」

「もしも他に望みがあったらなんでも言ってくれ」

ステファンが言った条件は今、フランソワーズが一番欲していたものだった。

一人で街に出るということは危険が伴う。それなりの覚悟が必要だと思っていたからだ。

しかも彼の条件は、フランソワーズの国を出たいという目的も達成できてしまう。

「それに事が落ち着くまではそうしたほうがいいのではないか？　セドリックもどう動くかわからないからね」

「それは……そうですけれど」

「今よりもいい暮らしを約束するよ。フェーブル王家はフランソワーズ嬢を賓客《ひんきゃく》として歓迎するから」

にっこりと笑っているステファンが嘘をついているとは思えなかった。

「本当でしょうか？」

「ああ、本当だ」

オリーヴのために力を貸してくれるのなら、フェーブル王国で安全に暮らせるように手配してくれることを約束してくれたのだ。

フランソワーズは大きく頷くと、ステファンは安心したのかホッと息を吐き出した。

（このままじゃ国を出るまでに歩いて何週間もかかってしまうもの……安全に隣国へ行けるのならありがたいわ）

それは今のフランソワーズにとって、願ってもない提案だった。

（まさかこんな風に安心して過ごせる場所が手に入るなんて運がいいわ……！）

突然、ステファンはフランソワーズの前に手を伸ばす。

（握手をするのかしら？）

そう思ったフランソワーズがステファンの手を掴もうとすると、流れるように手の甲に口付けられて驚いていた。

ステファンはこちらを見上げるようにして視線を向ける。

「よろしく、フランソワーズ嬢」

「よ、よろしくお願いいたします……」

フランソワーズはパッと手を離す。

ステファンは安心したように微笑んでいる。

「ありがとう……！　本当にありがとう、フランソワーズ嬢」

彼はオリーヴを救えることが余程嬉しいのだろう。

いつも笑顔で表情が動かない、ステファンの本当の姿を垣間見た気がした。こちらまで自然と笑顔になってしまう。

そんなフランソワーズの表情を見て、ステファンは今度は驚いているようだ。

フランソワーズは首を傾げてステファンに問いかける。

「ステファン殿下、どうかしましたか？」

「フランソワーズ嬢の笑顔が可愛らしくて見惚れてしまった」

「……ッ!?」

「いつもはとても美しくて眩しいくらいだけど、可愛らしい一面を知れて嬉しいよ」

サラリと当たり前のようにフランソワーズを褒めるステファン。

フランソワーズは頬に熱が集まっているのを感じていた。

それからステファンはフランソワーズにいくつか質問をした。

聖女はどのように悪魔祓いをするのか。祈りを捧げる時は何を考えているか、どのくらいの時間祈ればいいかなどだ。

ステファンはオリーヴに様々な方法を試したそうだが、一時的に改善しても、またすぐに元に戻ってしまうことがあると言っていた。

「フランソワーズ嬢には他の聖女にはない何か特別な力があるのかな」

「いいえ、特には。わたくしに特別な力はないと思います。幼い頃から王妃になるために厳しい教育を受けてきましたが……」

フランソワーズは無意識にギュッと膝上で手を握る。

つらく思い出したくない日々の記憶がはっきりと残っていた。

「……やはりシュバリタリア王国に悪魔が多いという噂は本当なんだね」

「はい。悪魔祓いは貴族の女性ならばできますが、その中でもより強い力を持った女性が王妃に選ばれるのです」

「セドリックが何を考えているのかまったく理解できない……こんなにも素晴らしい力を持っている
フランソワーズ嬢をあんな形で追い出してしまうなんて」

「義妹のマドレーヌがわたくしよりも強い力を持っているそうですから問題ないと思いますわ」

ステファンはそれを聞いて「セドリックの隣にいた令嬢のことか」と思い出すように言った。

フランソワーズとマドレーヌは従姉妹といっても、雰囲気が違うこともあり血縁関係には見えないのだろう。

それに宝玉の中にいる悪魔を抑えられなければ、シュバリタリア王国はなくなるといわれている。

だからか悪魔の宝玉は表向きには公表していない。

悪魔の宝玉が狙われて奪われてしまえば、国がどうなってしまうのかわからないからだ。

だからこそ他国や国民にも情報は伏せているし、力を持つ貴族たちしか知らされていない。

王太子の婚約者を選ぶことに慎重な理由も頷ける。

（マドレーヌが物語のように、早く宝玉を壊してくれたらいいのだけれど……）

悪魔が媒体にしているものに祈りを捧げて灰にすることで呪いも消える。

だが、歴代の王妃たちも悪魔の宝玉を壊すことはできなかった。

だから聖女の力で抑えるしか方法がなかったのだ。

フランソワーズは幼い頃から王妃になるため、悪魔の宝玉を守るためだけに育てられた。他の悪魔は祓ったことはないが、知識だけはたくさんある。

一方、マドレーヌは他の悪魔を祓ったことはあるが、今の段階では宝玉の抑え方はまだ知らないはずだ。

フランソワーズは今まで王妃教育と共に培った知識をステファンに話していく。それとステファンとオリーヴを呪っている悪魔についても。

「悪魔が媒体にしている本ですが、なるべく太陽の光が当たる場所に置くべきです。光が当たらない場所では悪魔の力が強まりますから」

悪魔の宝玉も常に陽の光が当たる塔の最上階に置かれている。

それは少しでも悪魔の宝玉の力を抑えるためだ。

「そうだったのか。僕たちはすべて逆のことをしていたようだ……」

「知らなかったのですから、仕方ありませんわ」

シュバリタリア王国では当たり前のことも、他国にはない知識のようだ。

ちなみにステファンやオリーヴを呪った本を教会に移そうとしたそうだが、本に触れた人たちは何らかの形で呪われてしまったそうだ。

フランソワーズは悪魔の本に触れることなく動かす方法をステファンに伝えていく。

「もっと早くフランソワーズ嬢に話を聞けていたら、皆が苦しまずに済んだかもしれない。プライドなど捨てて助けを求めていればっ……！」

ステファンは悔しそうに唇を噛んでいる。

フェーブル国王は大国ゆえに、シュバリタリア王国に頭を下げてまで頼りたくないと考えていたそうだ。

弱味を見せたくはなかったのだろう。

だからこそステファンは個人的に動いており、セドリックとも積極的に交流を持とうとしていたらしい。

「セドリックに聞いても何もわかるわけがないね。彼は何もしてないのだから……」

「はい……悪魔祓いは聖女たちの仕事です。セドリック殿下は直接関わっているわけではありません」

「フランソワーズ嬢、教えてくれてありがとう」

「いえ……大したことではありませんわ」

フランソワーズはシュバリタリア王国では皆、当たり前のように知っていることを話しただけだ。

「いいや、君と話せて本当によかった」

ステファンの本当の笑顔を見たような気がした。

彼の仮面が取り払われた素顔を見ていると、フランソワーズの心臓が激しく音を立てる。

この短時間で彼の色々な表情を目にして、彼の誠実さに触れたからかもしれない。

（こんな気持ち、セドリック殿下には感じなかったわ）

こうしてフランソワーズはフェーブル王国に向かうことになった。

フェーブル王国の王都までシュバリタリア王国から五日ほど、馬車で移動しなければならない。

その間、馬車の中でフランソワーズはステファンとの時間を過ごしていた。

国を出たフランソワーズに公爵令嬢や王太子の婚約者、聖女の肩書きはない。

フランソワーズはステファンに名前で呼んでもらうように頼む。

彼にフランソワーズ嬢と呼ばれることに違和感を覚えたからだ。

「わたくしは、今はただのフランソワーズですから」

「ならフランソワーズと呼ばせてもらうよ。僕のこともステファンと呼んでほしい」

「それはできませんわ！　大国の王太子ですのよ？」

「だけどフランソワーズにはそう呼んでほしいんだ。もっと君と親しくなりたいからね」

「……か、考えておきます」

「うん、ありがとう」

彼はフランソワーズを気遣い、丁寧に接してくれた。

ステファンは紳士的で身の危険を感じることはなかったし、フランソワーズの気持ちを一番に考えてくれているとわかる。

宿もフランソワーズのためにと豪華な一人部屋を用意してくれた。

外ではノアが護衛として待機してくれているらしい。

ここで移動の疲れを取ってほしいとのことだった。

侍女はいないが前世の記憶があるため、自分のことは自分でできる。

そのことに驚かれたが、フランソワーズは前もって準備をしていたからだと説明していた。

準備してきた大きなカバンの中に入っていた非常食や武器などを使う機会はなさそうだ。

役に立ったのは着替えくらいだろうか。


移動中は、あっという間に時間が過ぎていく。

ステファンとの会話は弾んで退屈を感じることはない。彼とも随分と打ち解けたように思う。

話せば話すほどステファンに好感を持っていく。

彼の誠実さや国民や側近である二人、そして家族を大切に思う気持ちを聞きながら、セドリックや国王、ベルナール公爵たちと比べてしまう。

フランソワーズは、ステファンを心から尊敬していた。

彼はフェーブル国王に向けて早馬を送り、フランソワーズのことを伝えた。

フェーブル国王からはすぐに返信がきたそうだ。

フランソワーズが受けた仕打ちに心底驚いていたそうだ。

それからフランソワーズを丁重に扱ってほしいと手紙に書いてあったらしい。

あとはフランソワーズの指示どおりに、誰も呪いを受けることなく、常に光が当たる場所に本を移動させることができたようだ。

そうしただけで、最近は病に苦しめられていたオリーヴの病状が少しだけ和らいだらしい。

オリーヴには長年愛し合っている婚約者がいて、その令息と結婚することが夢なのだそうだ。

ステファンもオリーヴの長年の夢を叶えてあげたいと語った。

(ステファン殿下には婚約者がいないのよね?)

フランソワーズはステファンに婚約者がいない理由が気になってしまう。

こんなにも素晴らしい大国の王太子だ。

実際、シュバリタリア王国の令嬢たちの間でもステファンは大人気だ。

フランソワーズは好奇心のままステファンに問いかけた。

「ステファン殿下には婚約者がいらっしゃらないのですか?」

「残念ながら僕には婚約者はいたことがないんだ」

こんなにできた王太子はどこの国を探してもいないだろう。

ステファンが眉を寄せて荒く息を吐き出したのを見て、フランソワーズは祈りを捧げるように目を閉じる。

するとステファンは体が楽になったのかホッと息を吐き出した。

フランソワーズはステファンが遠慮しているのかもしれないと声をかける。

「ステファン殿下、わたくしの前では我慢しなくて大丈夫ですから」

「……！」

「すぐに対応できますので。任せてください！」

ステファンの目が大きく見開かれている。

その後、ステファンは額に手のひらに当てる。ほんのりと頬が赤くなっているような気がした。

「そんな嬉しいことを言われたのは初めてだよ」

「……え？」

「今まで一人で耐えることしかできなかったから……頼もしくて涙が出そうだ」

彼が照れている姿を見て、つられるようにしてフランソワーズの顔も赤くなってしまう。

互いに見つめ合った後に、そっと視線を逸らす。

誤魔化《ごまか》すように咳払いをしたステファンは、手首から見える黒いアザを撫でた。

「もしかしてこのアザのせいですか？」

「ああ……これが体に現れた時から、破壊衝動が抑えられなくなっていったんだ」

「……！」

フランソワーズは、馬車の中でステファンが苦しんでいた時のことを思い返す。

あの状態になると教会で時間を過ごして治まるのを待つか、何かを破壊し尽くすまで止まれないそうだ。

「今まではひたすら鍛錬をすることで気を紛らわせていたんだが……自分が自分でなくなってしまう感覚は恐ろしいよ」

淡々と語ってはいるがステファンの手には力がこもっているのがわかった。

黒いアザが這う肌には爪が食い込んでいく。

彼の腰にある剣の柄はボロボロで手のひらには強く握られた跡がある。

（もしかして……ステファン殿下の体を乗っ取ろうとしているのかしら）

自分が自分でなくなる……そんな耐え難い恐怖とステファンはずっと一人で戦ってきたのだろうか。

それにステファンに武功が多い理由がわかった気がした。

彼は自分の心を強く保つために鍛錬を繰り返して、破壊衝動は国を守るために力を振るっているのだ。

ステファンの苦しみが垣間見えた気がした。

彼の強さを知ったフランソワーズはステファンを心から救いたいと強く思った。

（わたくしは、ステファン殿下のために何ができるかしら……）

暗い空気を掻き消すように、ステファンは別の話題を振った。

「この話はここまでにしよう。それよりもフランソワーズのことをもっと教えてくれないか？」

「わたくしのことですか？」

「そうだな。まずは好きな食べ物から教えてほしい」

「ふふっ、わかりました」

そんな話をしながらフランソワーズは和やかな時間を過ごしつつ、シュバリタリア王国の国境を越えたのだった。

第二章

救済

The banished saint is the strongest savior

フランソワーズは自分の体が揺れていることに気づいていたが起きられずに「ん～」と唸っていた。

身を捩《よじ》ってみても体が痛いし、触れている部分が硬いので寝心地が悪い。

まだ眠っていたくて、手を払い退けつつ背を丸めようとした時だった。

「おはよう、フランソワーズ」

「…………んぅ？」

「よく眠れたかい？」

フランソワーズはステファンの端正な顔立ちと吸い込まれそうな青い瞳をぼんやりと見つめていた。

ステファンはフランソワーズを見て優しく微笑んでいる。

心地いい感覚に再び目を閉じた時だった。

「気持ちよさそうに眠っていたから起こしたくはなかったけど、フェーブル王国に着いたよ」

「――――ッ！」

その言葉を聞いて瞬時に状況を把握したフランソワーズは飛び起きた。

すると目の前にステファンの顔が迫っていると気づく。

唇が触れてしまいそうな距離まで近づいてしまい、動きを止める。

フランソワーズはステファンから離れるようにして、ゆっくりと体を引いたが、ゴツリと痛々しい音と共に後頭部をぶつけてしまい身悶えることになる。

「い、いたぁ～」

「……大丈夫かい？」

手を引かれて抱き込まれるようにステファンの腕の中へ。

「ぶつけた場所、腫れないといいね」

どうやら怪我をしていないか確認しているようだ。髪を撫でる感覚にフランソワーズの肩が小さく跳ねた。

筋肉質な肉体にシャツ越しに触れると先日のステファンの体を見てしまった時のことが頭を過ぎて、さらに顔が赤くなる。

なんだか自分だけステファンを意識しているようで悔しいではないか。

（わ、わたくしったらなんたる失態を……！）

何事もなく起き上がろうとするが体の痛みに顔を顰《しか》める。

何日も馬車に揺られていたからか重たい疲労感に腰を押さえた。

どうやらフランソワーズは長時間の馬車に揺られている最中に、眠ってしまったようだ。

ステファンに寝顔もバッチリと見られてしまい、恥ずかしくてどうにかなってしまいそうだ。

フランソワーズがぶつけた後頭部を撫でていると、追い討ちをかけるようにステファンから声がかかる。

「可愛い寝顔だね。ずっと見ていられそうだよ」

ステファンはフランソワーズをフォローしようとしてくれているのだろうか。

にっこりと笑ったステファンは、顔が真っ赤になったフランソワーズに気づいているのか。

気にしていないと言わんばかりに、エスコートのために手が伸ばされる。

彼の好意を無下にすることもできずに、恥ずかしさから震える手でフランソワーズはステファンの手を摑んだ。

「……本当に可愛い人だ」

ポツリと呟くように聞こえた声は空耳だろうか。

フランソワーズは乱れた髪を直す暇もなく、門へと向かう。

シュバリタリア王国の城も十分に立派なのだが、倍以上の大きさで豪華な装飾が施された門。

見上げると首が痛くなるほどの城の高さに驚くばかりだ。

フランソワーズはセドリックの婚約者になってからは、城に併設されている塔でずっと祈りを捧げていた。他国への外交は行ったことがない。

代わりに国王や王妃が率先して外交に行っていた。

こうして他国に来たのも初めてだ。何もかもが目新しく、馬車でここに来るまでにたくさんの発見があった。

門から城までの長い道のりを歩いていると、ステファンを出迎えるためなのか大勢の人たちの姿が見えた。

道が開けていき、深々と頭を下げる様は圧巻だ。

フランソワーズが呆然としていると前から、フェーブル国王や王妃が歩いてくる。

(ど、どうしましょう……！　今から身なりを整えるわけにもいかないし)

フランソワーズはボサボサの髪を簡単に結えているだけで簡素なワンピースを着ている。今は平民にしか見えないだろう。

足を止めたフランソワーズは一歩、また一歩と後ろに下がる。

今まで完璧な立ち居振る舞いを求められたため、無意識にこのままではいけないと思っての行動だった。

「フランソワーズ……まさか」

「……え？」

ステファンから笑顔が消えたと思いきや何故かフランソワーズは抱え上げられてしまう。

どうやら足を止めたことで、逃げようとしていると勘違いされてしまったようだ。

フランソワーズは驚いて、反射的にバタバタと足を動かすとステファンは逃がさないとでもいうように顔が近づく。

唇が触れてしまいそうな距離にフランソワーズの動きがピタリと止まった。

「逃がさないよ」

ステファンの低い声が耳元のすぐ近くで響く。フランソワーズは反射的に耳を押さえながら首を横に振った。

彼にあれだけいい条件を提示してもらったのに、自分から逃げるなどありえない。

フランソワーズは逃げるつもりはないと伝えるために慌てて口を開いた。

「わ、わたくしは逃げようとしたわけではありませんわ！」

「……え？」

「このような身なりでフェーブル国王と王妃陛下の前に出るのはよくないかと思いまして……っ」

フランソワーズはそう言って恥ずかしさから顔を覆う。

ステファンに抱えられたまま周囲の視線を集めていることがわかったからだ。

彼はフランソワーズの言葉を聞いて、ハッとしたような表情を見せた。

眉を顰めたステファンはそっと視線を逸らした。

「すまない……勘違いをしてしまったようだ」

「い、いえ……」

「フランソワーズにここにいてほしいという思いから、つい身勝手な行動をとってしまった」

ステファンの言葉の意味が気になって見上げると、彼の頬はほんのりと色づいている。

彼の表情や言葉に勘違いしてしまいそうになり、フランソワーズは首をブンブンと横に振った。

(ま、まさか……そういう意味なわけないわよね！　ステファン殿下はオリーヴ王女のためにそう言ったのよ)

フランソワーズでなければオリーヴを救えないから、そういう意味だと言い聞かせていた。

ステファンに抱えられたままフランソワーズは黙り込む。

そんな様子を見ていたフェーブル国王や王妃は何かを感じとったのだろう。

顔を見合わせて頷いた後にこちらに向かってくるではないか。

そのことに気づいたフランソワーズはステファンに下ろしてもらうように頼む。

やっと地面に足がついたフランソワーズは乱れたスカートと髪を急いで整えた。

（とりあえずどんな格好だとしても挨拶はしないと……！）

フェーブル国王と王妃がフランソワーズの前で立ち止まる。フランソワーズはすぐにカーテシーを披露する。

フランソワーズの洗練された仕草は周囲を圧倒させるには十分だった。

滲み出る美しさに目を奪われる中、フェーブル国王が一歩前に出る。

「よく来てくれた。フランソワーズ」

「このような格好で申し訳ございません。お会いできて光栄ですわ」

「事情はステファンから聞いている。大変だったな」

フランソワーズは何も言うことなく静かに頭を下げた。

フェーブル国王は複雑そうな表情でゆっくりと頷いている。

王妃はフランソワーズの境遇を聞いたのか、こちらを見て涙ぐんでいる。

ステファンがフランソワーズのことをどう伝えたのか詳しくはわからないが、大袈裟に伝えたに違いない。

彼を見るとこちらの考えを見透かしているように「真実を伝えたまでだよ」と言った。

「フランソワーズ、長旅で疲れていると思うのだが……その…………」

フェーブル国王は気まずそうに頬をかいていた。

隣にいる王妃は「休ませるべきよ。何日も旅してきたのだから！」とフェーブル国王に訴えかけるように言っている。

「しかしオリーヴが……！」

「わかっているけれど、彼女に無理をさせるべきではないわ。ただでさえ大変な状況なのに……」

「うむ……」

フェーブル国王や王妃は娘のオリーヴのことが心配なのだろう。

フランソワーズを気遣いつつも、すぐにオリーヴの状態を診てほしいのだと理解する。

フランソワーズは自分からオリーヴのところに向かうことを提案する。

「だが、少し休んだほうがいいのではないだろうか？」

フランソワーズはステファンに視線を送りながら、首を横に振る。

ステファンは先ほどまで疲れて眠っていたフランソワーズを見ていたからか眉を寄せた。

「わたくしは大丈夫です。今までのことに比べたら、これくらい大したことではありません」

心配してくれているのだとわかるが、ここに来るまでステファンはフランソワーズのペースに合わせてくれていた。疲れは残っているが、祈れないほどではない。

「すぐにオリーヴ王女の元へ案内してください」

「だが、フランソワーズ……！」

フランソワーズの言葉にフェーブル国王と王妃は安心した表情を見せた。

「フランソワーズ、本当にありがとう」

「感謝する……！」

それにステファンの話を聞いて、苦しんでいるオリーヴを早く悪魔の呪いから解き放ってあげたいと思っていた。もちろんステファンもだ。

フランソワーズの聖女としての力で本当に解呪できるのか不安が残るが、やってみなければわからない。

（ステファン殿下たちのために、わたくしにできることをしたいわ）

フランソワーズが笑みを浮かべていると背後から声がかかる。

「フランソワーズ、長旅で疲れているのにすまない」

「いえ。ステファン殿下と同じでお二人もオリーヴ王女殿下が心配なのです。わたくしができることならばお手伝いいたしますわ」

「……！」

「お気遣いありがとうございます。ステファン殿下」

「フランソワーズ……」

ステファンのフランソワーズを見る熱い視線に気がつかないまま足を進めていく。

いつものステファンを知っている人たちが見れば、彼がフランソワーズに抱く特別な感情をすぐ察することができた。

フランソワーズは、深紅の質のいい絨毯《じゅうたん》と豪華なシャンデリアがある玄関を抜ける。

長い長い廊下を進み、階段を上がっていくと可愛らしい白い扉があった。

オリーヴの部屋の前には、複数人の白衣を着た男性が立っている。

彼女を診ていた医師たちなのだとすぐに理解できた。

その表情は暗く、切羽詰まったものだとわかる。

フェーブル国王たちに続いて、ステファンとフランソワーズもオリーヴの部屋へと足を踏み入れる。

広い部屋には天蓋付きのベッドがあった。温かみのあるクリーム色の壁紙。可愛らしい調度品や花瓶に生けてある花は部屋を彩っている。

この部屋を見るだけでオリーヴの人柄が表れているような気がした。

ステファンに十八歳だと聞いていたオリーヴの体は随分と小さく見えた。

オリーヴは十歳の時から八年間もこの病……悪魔の呪いに侵されているらしい。

「ステファンお兄様……！　おかえりなさっ、ゴホッ、ゴホ」

「オリーヴ、無理をして話さなくていい」

体を折り曲げて、何度も咳き込むオリーヴは苦しそうだ。

ここ数日はいつもよりも体調がよくなり、体を起こせるので元気なほうなのだという。

フランソワーズは悪魔の取り憑いている本を光に当てているおかげではないかと思った。

しかしオリーヴの体は痩せ細り、精神的にもつらい状態が続いているそうだ。

手遅れになる前に、フランソワーズがここに来られたのは幸運だったかもしれない。

(これが人にかかった悪魔の呪い……初めて見たわ)

フランソワーズはずっと悪魔の宝玉にしか、聖女の力を使ってこなかった。

宝玉のある部屋で祈り続けているフランソワーズとは違い、小さな悪魔でも祓っていたマドレーヌのほうが活躍しているように見えたことだろう。

小説の中でもマドレーヌはそうやって力をつけていたことを思い出す。

悪魔が取り憑いている物を灰にして祓うらしいが、フランソワーズには初めてのことだった。

(知識としてやり方は知っているけど、本当にわたくしにもできるかしら……ううん、弱気になってはダメ。わたくしがやるのよ)

呟き込んでいたオリーヴは、フランソワーズに気がついたのか目を輝かせてこちらを見ている。

「そちらの方はどなた？」

オリーヴに声をかけられて考え込んでいたフランソワーズはハッとする。

そしてすぐにカーテシーを披露しつつ、オリーヴに挨拶をした。

「ごきげんよう、オリーヴ王女。フランソワーズと申します」

「まぁ、綺麗《きれい》な方……！　ぜひわたくしの話し相手にっ、ゴホッ、ゴホ」

近くにいた侍女が咳き込むオリーヴの背を摩《さす》る。

馬車の中でステファンに話を聞いたが、オリーヴは十五歳頃から部屋から出られないほどに衰弱していったそうだ。

体力的に歩くこともままならない。

そのことで心苦しい思いをしていると聞いた。

本来ならば令嬢たちとお茶会を楽しむ時期だ。

婚約者と共にパーティーに参加したり、政務に出られないことに胸を痛めているのだそう。

「フランソワーズはオリーヴの呪いを解く方法を知っているんだ」

「嘘……！　それは本当なのですか!?」

「彼女はシュバリタリア王国の聖女なんだ」

オリーヴは口元を押さえながら驚いている。

「フランソワーズ、遠くからありがとう……体調は大丈夫？」

彼女は自分の体調がよくないのに、長旅でここまで来たフランソワーズを労り気遣ってくれる。

オリーヴもステファン同様、とても優しく思いやりがある人だと思った。

フランソワーズは「大丈夫ですわ」と答えた後に、オリーヴを安心させるように笑みを浮かべた。

(早く元凶を断たないと……こんな苦しそうな姿を見て放っておけないわ)

フランソワーズは深呼吸してから瞼を閉じる。

周りの声が聞こえないほどに集中しながら、悪魔の気配を辿っていく。毎日感じていた禍々しい雰囲気。

今も何かが『こちらに来るな』とフランソワーズを拒絶しているような気がした。

「ステファン殿下、城の中を歩いてもよろしいでしょうか？」

「あぁ、もちろんだ。でもどこに……？」

フランソワーズは集中していたためステファンの言葉が聞こえなかった。

オリーヴの部屋を出て、導かれるように気配を辿っていく。

長い廊下を抜けて、更に階段を上がっていた。

端へと移動して渡り廊下を抜けると先ほどいた場所よりも古い塔へ。

フランソワーズの後にはステファンたちが続いていたが、気にすることなく進んでいく。

(この部屋じゃない……違うわ。この先)


そして一番、端の部屋の扉に手を当てる。

フランソワーズが案内もしていないのに部屋を探し出したことに皆が驚いていた。

扉の取っ手に手をかけたフランソワーズが部屋の中に入ると眩しい光が見えた。

フランソワーズの前にあるのは、赤黒い表紙に金色の文字が擦《こす》れて見えなくなっている薄汚れた古い本だ。

その古い本はフランソワーズの指示どおりに光に照らされていた。

フランソワーズが部屋に入った瞬間、ゾワリと鳥肌が立つような寒気を感じた。

(宝玉の中にいる悪魔よりは弱いけれど……呪いが得意な類いなのかしら)

フランソワーズが一歩足を踏み出すと、本は窓もないのにパラパラと勝手にページが捲れていく。

まるでフランソワーズに近づくなと牽制しているようだ。

（このレベルだったら、わたくしでも問題なさそうね。少し時間はかかるかもしれないけれど、この本に憑いている悪魔を祓えるはず……）

フランソワーズがそのことを伝えようと後ろを振り向いた時だった。

「わたくしは今から……っ」

フランソワーズは目を見開いた。カタカタと金属が擦れる音に息を止める。

目の前にはステファンが握る剣先があったからだ。

ガクガクと震える剣は、徐々にフランソワーズの首元に近づいて、皮膚に刃先が食い込もうとしていた。

一瞬、ステファンが何をしようとしているのか理解できなかった。

「――ステファン、やめろっ！」

フェーブル国王の声が響いた。辺りは緊張感に包まれていた。

フランソワーズは剣先が当たらないように一歩後ろに下がる。

よく見ると黒いアザがステファンの指先まで埋め尽くしているではないか。

「くっ……！」

「……ステファン、殿下？」

ステファンは必死に抵抗しているのか、唇に血が滲むほどに噛み締めているようだ。

「に……げ、ろっ……！」

ステファンから絞り出すような声が聞こえた。

（なるほど……本の悪魔がステファン殿下を通じて、わたくしを止めようとしているのね）

状況を把握したフランソワーズは、自らを落ち着かせるように大きく息を吸い込んでから古い本を見据えた。

それほどまでにフランソワーズを近づかせたくはないのだろう。

こうしてステファンを操って、フランソワーズを排除しようと動いている。

護衛の騎士たちも国王の指示でステファンを抑えるために動きだす。

だが数人で押さえ込もうとするが、凄まじい力で抵抗しているのかステファンはまったく動かない。

フランソワーズに剣を向けるステファンをノアとイザークも羽交い締めにして必死に押さえ込む。

オリーヴにも何かあったのだろうか。侍女の助けを求める悲鳴が遠くから響いている。

（こんなことをするなんて許せないわ……！）

フランソワーズはグッと手のひらを握った。

そしてステファンの向けている剣先を気にすることなく手を伸ばす。

荒く息を吐き出しているステファンの血走った目を見つめながら頰に手を添える。

フランソワーズは彼を安心させるように微笑んでから頰を撫でた。

「ステファン殿下、もう大丈夫ですわ」

彼の胸元に手を当てて聖女の力を使った瞬間、体から力が抜けていく。

カラカラと剣が床に落ちて音を立てる。ステファンが膝をついた。

「……ッフラン、ソワーズ」

「フェーブル国王、わたくしがいいというまでこの部屋に絶対に入らないでくださいませ」

「わ、わかった！」

「それからステファン殿下を落ち着くまで教会へ閉じ込めてください」

「――皆、フランソワーズの言うとおりに動けっ！」

慌ただしく動く人々を見つつ、フランソワーズも準備を進めていく。

「わたくしが祈り始めたらすぐにステファン殿下を……」

ステファンの側近、イザークとノアが頷いたのを確認してから、フランソワーズはその場に跪《ひざまず》いて手を合わせた。

その瞬間、ステファンは意識を失ってしまう。

フランソワーズの指示どおりに彼を運ぶイザークとノア。

パタリと扉がしまった瞬間、部屋の中が重苦しい空気に包まれたような気がした。

「……さぁ、はじめましょう」

フランソワーズは意識を集中して瞼を閉じる。

暴走した力を押さえ込むように祈りを捧げていく。黒い煙が部屋に充満していくような息苦しさを感じていた。

しかしシュバリタリア王国の宝玉に比べたらどうってことはない。

（心を空っぽに……意識を集中する）

そこから声が聞こえなくなった。

＊＊＊

フランソワーズは眩しい光に瞼を開く。

ハッキリと意識を取り戻すとまだ辺りが薄暗い。

肌寒さを感じていたが、ぼやけた視界で本が置かれていた場所を見る。

目の前の本はいつの間にか灰になって積み上がっていた。

(よかった。わたくしにも悪魔を祓うことができたのね……！)

フランソワーズはホッと息を吐き出した。

知識だけでしか知らなかったが、どうやらフランソワーズにも悪魔が祓えるようだ。

安心して立ちあがろうとするが、足がもつれてしまいそのまま倒れ込んでしまう。

「いっ……！」

フランソワーズはビリビリと痺れた足に身悶えていた。

足の感覚はなくフランソワーズは荒く息を吐き出しながら痛みに耐えていた。

少しずつ血液が全身を駆け巡る感覚に、ゆっくりと息を吐き出していく。

(気づかなかったけど……もしかしてかなり長時間、祈っていたのかしら)

初めて悪魔を祓えたことで気分が高揚していたが、意識を取り戻すのと同時に体が重たくなる。

喉が渇いてたまらないが、今は動けそうになかった。

（ステファン殿下やオリーヴ王女殿下は無事かしら。一応、元凶は消えたから大丈夫だと思うけど……心配だわ）

フランソワーズがボーッとして動けないでいると、外から焦ったような男性の声が聞こえてくる。

「フランソワーズ、フランソワーズッ！　大丈夫なのか？　返事をしてくれ」

ステファンが必死にフランソワーズの名前を呼んでいる声が聞こえた。

返事をしようとするが、うまく声が出ない。

そういえば自分が声をかけるまで部屋に入らないでと頼んでいたのだ。

（このままだと……気づいてもらえないわね）

フランソワーズはなんとか壁まで移動して、震える腕を上げてから壁を叩く。

必死にアピールしていたが、うまく力が入らずに腕が落ちていく。

（水を、飲まないと……）

長時間、祈り続けたのは久しぶりだった。疲労感から眠気が襲う。

このまま眠ってしまいそうだと思っていると、扉から光が漏れる。

「──フランソワーズッ！」

覚えのあるシトラスの香り。

体が持ち上げられる感覚がしたが、返事ができずにそのままされるがままだ。

視界には艶やかな黒髪と透き通る宝石のような青い瞳。

どうやらステファンはフランソワーズの合図に気づいてくれたようだ。

「あ……」

フランソワーズはカサついた唇を開く。

水が欲しいことを訴えかけていたのだが、ステファンに届くだろうか。

フランソワーズの唇に耳を寄せたステファンは何が言いたいのか理解してくれたのか叫ぶように声を上げた。

「今すぐに医師を呼べっ！　それとすぐに水を……！」

ステファンの言葉が遠くに聞こえていた。

彼はフランソワーズを抱えて部屋の外へ。

走っているのかフランソワーズの体が激しく揺れているような気がした。

フカフカで太陽の匂いがするベッドに寝かせられたフランソワーズに渡される水。

だがコップを持つ手に力が入るはずもなく、医師たちがどうやって水分を取らせるのか迷っていた時だった。

「貸してくれ……！」

ステファンの声と共に水が入ったコップが傾いたのが見えた。

なんとか意識がもっていたのは、水を飲まなければ大変なことになるとわかっていたからだろう。

（…………喉が渇いた）

そう思っているとステファンの顔が眼前にまで近づいてくるのが見えた。

唇に柔らかい感触がしたのと同時に冷たい水が流れ込んでくる。

ゴクリとフランソワーズの喉が動く。

喉が潤ったことでフランソワーズから掠れた声が出る。

「もっ、と……」

ステファンに口移しで水をもらっていることはわかっていた。

恥ずかしさよりも、喉の渇きを潤したくてたまらなかったのだ。

何度か水をもらった後にフランソワーズはホッと息を吐き出す。

ステファンのゴツゴツした指が口元についた水を拭う。

彼の心配そうにこちらを見る視線に胸が熱くなる。

ここ数日で、ステファンの色々な表情を目にしているような気がした。

無事を確かめるように触れている彼の手に、手のひらを重ねるようにして這わせた。

「フランソワーズ、大丈夫か？」

「……は、い」

フランソワーズは返事をしながら頷くと、次第に視界がぼやけていく。

そのまま意識を失うように眠りについた。


どのくらい時間が経ったのだろうか……。

次に目が覚めた時にも窓の外は明るく太陽が輝いていた。

フランソワーズはズキズキと痛む頭を押さえながら、起き上がろうとするが、シーツが押さえられている感覚がして視線を向ける。

黒い艶やかな髪が真っ白なシーツに散らばっていた。

ステファンがベッドにうつ伏せになるようにして眠っている。

（どうしてここにステファン殿下がいらっしゃるのかしら……）

もしかしたらフランソワーズに付き添ってここにずっといたのかもしれない。

それを裏付けるように、サイドテーブルには本や資料がたくさん置かれていた。

フランソワーズはステファンを起こさないようにとベッドに足を下ろす。

テーブルの上に置かれたウォーターポットからグラスに水を入れてゴクゴクと飲み干す。

シュバリタリア王国の宝玉が置いてある祈りの間には、いつも水や軽食が置いてあることを思い出していた。

ふと壁にかかっている鏡に映る自分の姿を見てフランソワーズはある違和感に気づく。

ボサボサだった髪も艶が戻り、サラサラになっている。

簡素なワンピースも、上質なシルクの寝間着に着替えていた。

汗ばんでいた体は綺麗になっており、肌がもちもちしていて気持ちいい。

コトリとグラスを置いた音で、ステファンが目を覚ましてしまったようだ。

彼はフランソワーズの姿を見て目を丸くしている。

「フランソワーズ……？」

「ステファン殿下、お体は大丈夫なのですか？」

「フランソワーズ、目が覚めたんだね！　体調は大丈夫なのかいっ⁉」

肩を掴まれるようにして問い詰められたフランソワーズは驚いていた。

体を引くとステファンに壁の間に挟まれてしまい逃げ場がなくなってしまう。

思わず両手を上げて、ステファンを落ち着かせるように声を上げる。

「落ち着いてくださいっ、ステファン殿下！　わたくしは大丈夫ですからっ」

声が届いたのか、ステファンはハッとした後にフランソワーズから距離を取る。

「すまない……つい、心配になって」

「……いえ、心配してくださりありがとうございます」

「目が覚めて本当によかった」

ステファンの手から力が抜けていく。どうやらかなり心配をかけてしまったようだ。

彼の目の下に刻まれた隈《くま》を見て、手を伸ばそうとした時だった。

「ステファン殿下……」

名前を呼んだ瞬間、フランソワーズのお腹からグーッと音が鳴る。

あまりにも大きなお腹の音にフランソワーズの顔が、真っ赤に染まった。

「あ、あの……」

「お腹が空いたんだね」

「………………はい」

「すぐに食事は用意させる。フランソワーズはここで待っていてくれ」

そう言ったステファンはすぐそばに控えていた侍女を呼んだ後に食事を用意するように指示を出す。

それからフランソワーズを椅子に座らせると、ステファンは手を優しく掴みながらその場に跪いた。

まっすぐにこちらを見つめる瞳にフランソワーズの心臓はドクドクと激しく音を立てていた。

「ステファン殿下？」

「改めてお礼を言わせてくれ。フランソワーズ」

「え……？」

「フランソワーズは僕たちの命の恩人だ」

ステファンのその言葉で、フランソワーズは灰になった本を思い浮かべる。改めて自分の祈りで悪魔を祓えたのだと実感した。

フランソワーズは一日中、祈り続けていたそうだ。

宝玉を抑えるために半日ほど祈り続けることはよくあることだが、丸一日祈り続けることは滅多にない。

初めて宝玉以外の悪魔祓いをしたため、気合が入りすぎてしまったようだ。

（ステファン殿下やオリーヴ王女殿下を助けたい気持ちで必死だったけど……うまくいってよかったわ）

フランソワーズは悪魔祓いを成し遂げたことに、達成感を得ていた。

これは聖女の力を使って祈り続けても、消し去ることができない宝玉とは違う。

フランソワーズは自分の手を開いたり閉じたりを繰り返していた。

しかし自然とマドレーヌの顔が浮かぶ。彼女は毎回、こんなに大変なことをやっていたのかと思うとやはりヒロインの偉大さを実感する。

(マドレーヌはもっとすごい力を持っているのよね……あの宝玉が壊れるほどだもの)

今なら国を救いたいと、必死に祈り続けて宝玉を破壊した小説のマドレーヌの気持ちがわかるような気がしていた。

それだけセドリックへの気持ちも強かったのだろう。

フランソワーズもステファンとオリーヴを救いたいと思い祈り続けたが、いつもの数倍は力が出たような気がした。

(ま、まるでわたくしがステファン殿下のことを好きみたいじゃない……!)

フランソワーズが羞恥心から慌てていると首元にチクリと痛みを感じた。

首に触れると、包帯が巻かれていた。

最初は何故こんなところに包帯が巻かれているか、フランソワーズにはわからなかったが、首に怪我をするような出来事は一つしかない。

悪魔を祓う前、ステファンに剣を向けられたことを思い出して納得する。

(あの時、少しだけ剣が皮膚を掠ってしまっていたのね)

それを見ていたステファンの表情が一気に険しくなった。

よく見ると彼の手首や首にも包帯が巻かれている。

「フランソワーズ、あの時は本当にすまなかった。僕たちを救ってくれようと動いていた君に怪我をさせてしまうなんて……」

「いいえ、あの時はステファン殿下は悪魔に操られていたのですから仕方ありませんわ」

「……！」

「ステファン殿下が無事でよかったです」

フランソワーズがそう言って笑うと、ステファンの逞しい腕が腰に回る。

ステファンを抱きしめ返すように手を回した。

暫《しばら》く抱きあっているとステファンの心臓の音が聞こえてくる。

(温かい……ステファン殿下が無事で本当によかった)

そう思いつつ、フランソワーズが彼を見上げる。頬を優しく撫でるゴツゴツとした手のひら。

そのまま互いに見つめ合ってあっていると……。

「フランソワーズは目覚めたというのは本当……っ」

バンッという音と共に乱暴に扉が開いた。

最後までフェーブル国王の言葉が紡がれることはなかった。

王妃もひょっこりと背後から顔を出すと「あらあら」と口元を押さえながら嬉しそうにしている。

フランソワーズは今、自分がステファンに抱きしめられていることに気がついて慌てて体を離した。

ステファンは不満げな表情でフェーブル国王に視線を送る。フランソワーズは恥ずかしくてたまらなかった。

「お父様、お母様っ！　どいてくださいませ」

そんな時、フェーブル国王と王妃の背後から聞こえたのは可愛らしい声だった。

「おお、すまない。オリーヴ、すっかり元気になって……」

「オリーヴ、はしたないわよ！」

「わたくしだってフランソワーズにお礼を言いたいのよ！　お兄様ばかりずるいわっ」

先日、ベッドの上で咳き込んでいたオリーヴはどうやら悪魔を祓ったことですぐに元気を取り戻したようだ。

彼女の侍女たちは慌てながら、オリーヴを支えようと手を伸ばしていた。

細身ではあるが顔色もよくピョンピョンと跳ねている姿を見ていると、別人のように思えてくる。

オリーヴはステファンを押し除けると、フランソワーズの手を両手で掴んで嬉しそうにブンブンと振っていた。

初めて会った時は病弱な美少女といった感じだったのだが本来は快活な性格のようだ。

「全部ぜんぶ、あなたのおかげよ……！　ありがとう、本当にありがとう。フランソワーズ」

「いえ……！」

目に涙を浮かべたオリーヴは、フランソワーズに抱きついた。

彼女の可愛らしい姿を見ていると、こちらまで嬉しくなってくる。

「オリーヴ、フランソワーズが困っているだろう？　離れてくれ」

「わたくしったら興奮してしまって……ごめんなさい」

「元気になられてよかったです」

「……っ、ありがとう！　フランソワーズ」

オリーヴは涙を拭いながらそう言った。

フランソワーズが祈っている途中から、みるみるうちに体調がよくなっていき動けるようになったそうだ。

そして今までの苦痛が嘘のようになくなっていった。

そこからフランソワーズが無事に部屋を出てくるのを心待ちにしていたらしい。

涙を流しながらフランソワーズにお礼を言うオリーヴを優しい表情で見つめているステファン。

フェーブル国王は嬉しそうに頷き、王妃は目頭を押さえていた。

「オリーヴ王女、そろそろお部屋に戻りましょう」

「まだお体が完全じゃないのですよ?」

「わかってるわ。すぐ戻るからっ」

オリーヴは侍女たちの説得に不満げであるが頷いた。まだまだ体力は回復していないのだろう。

今から部屋に戻り、医師の診察を受けるそうだ。

「フランソワーズ、またゆっくりお話ししましょう！」

今からオリーヴの婚約者に元気になった姿を見せるそうだ。彼にとって最高のサプライズになるだろう。

オリーヴと入れ替わるようにして、食事が運ばれてくる。

部屋いっぱいに美味しそうな匂いが漂ってきた。フランソワーズの前にある大きなテーブルいっぱいに豪華な料理が並べられていく。

フランソワーズは呆然とその様子を見ていた。

「フランソワーズ、どんどん食べてくれ」

「こ、こんなにですか？」

「ああ、好みがわからないからね。フランソワーズの口に合えばいいんだが」

「もったいないですわ。いくらお腹が空いていても食べきれません！」

「ははっ、全部食べられるとは思っていないよ。無理をせずに食べられそうなものだけ選んでくれ」

フランソワーズはその言葉に頷いた。シュバリタリア王国の食事も豪華すぎて毎回、食べきれなかった。

もったいないと思っていたが、フェーブル王国ではそれを上回っている。

フランソワーズは空腹感に耐えかねて、フルーツを手に取り一つずつ食べていく。

瑞々しいフルーツを口に含むと、甘みといい香りが広がった。

それからフランソワーズの前に置かれている香草と共に焼かれた肉に目を奪われる。

香ばしく食欲をそそる匂いにゴクリと喉を鳴らす。

フランソワーズはフォークとナイフを手に取り、料理を次々と口に運んでいく。

ずっと集中して祈り続けていたからか、吸い込まれるようにして料理が消えていった。

フランソワーズがお腹いっぱいになった頃にデザートと紅茶が運ばれてきた。

（幸せすぎてバチが当たりそうだわ……！）

こんな風にゆっくりと食事ができたのはいつぶりだろうか。

フランソワーズは過去の日々を思い出す。

ベルナール公爵の指示で、物心ついた頃から淑女としての厳しい教育を受けていたフランソワーズ。

聖女として悪魔祓いを叩き込まれて、セドリックの婚約者になってからは妃教育をしながら宝玉に祈るために部屋に籠もり、パーティーにお茶会にと忙しない日々を過ごしていたのだ。

当たり前のようにこなしていたが、今思えばよく乗り越えられたなと思うほどに忙しかった。

だからこそゆったりとした時間が過ごせることに感動していた。

(もう毎日祈る必要もないし、王太子の婚約者として振る舞う必要もないのよね……よかった)

食事を終えてフランソワーズは部屋に戻る。

ステファンと談笑しながら楽しい時間を過ごす。

彼にフェーブル王国のことや、オリーヴとの思い出話などを教えてもらっていた。

そうしてどのくらい時間が経ったのだろうか。執事が遠慮気味に顔を出してステファンの名前を呼ぶ。

「ステファン殿下、そろそろ……」

「名残惜《なごり》しいけれど、仕事に戻らないと。フランソワーズはゆっくり体を休めてね」

「はい、ありがとうございます」

彼はそのまま部屋から出て行ってしまう。

それからステファンと入れ替わるように侍女たちが四人ほど入ってくる。

浴室に案内されたフランソワーズは湯に浸かる。

湯の上には花が浮かんでおり、香りと温かさに癒やされていた。

（なんて贅沢《ぜいたく》なのかしら……）

その間にフランソワーズの金色の髪は二人の侍女によってオイルで整えられていく。

それだけでも幸せなのに、湯から出た後はマッサージを受けて体がとろけそうなくらい気持ちがよかった。

フランソワーズが眠気に抗いながら幸せに浸っていると、目の前に出された蜂蜜入りのミルク。

カップを傾けて飲み込むと、優しい甘さが口内に広がっていく。

ミルクを飲み終わると侍女たちにベッドに戻り、休むように促される。

一眠りするように勧められたフランソワーズはあまりの気持ちよさに感動しながらベッドに横になる。

侍女たちは頭を下げて静かに部屋を去っていく。

一人、部屋に残されたフランソワーズは信じられない気分で瞬きを繰り返していた。

（……まるでお姫様ね。まさか国を出て自由になった途端、こんな幸せが待っているなんて予想すらできなかったわ）

フランソワーズは柔らかいベッドの中で瞼を閉じたのだった。


フランソワーズが目を覚ますと、カーテンからは日の光が漏れていた。

（わたくしはどのくらい寝ていたのかしら……）

日の光が見えるということは、かなりの時間休んでいたことになる。

フランソワーズはゆっくりと上半身を起こした。

（悪魔を祓うのは体力も気力もいるのね……宝玉を浄化するのとはまた違うわね）

フランソワーズは自分の手のひらを見ながら小さなため息を吐いた。

宝玉を浄化していた時とは違う疲労感。

けれど悪魔を祓えたことはフランソワーズの大きな自信になった。

フランソワーズが起きたタイミングで、すぐに運ばれてくる紅茶。

まるで夢の中にでもいるかのようだ。

フランソワーズがボーッとしつつ、カップを傾けていると扉をノックする音と共にステファンが現れる。

「フランソワーズ、目を覚ましたんだね。ゆっくり休めたかな？」

「……はい。わたくし、あまりにも幸せな時間に放心状態でした。今も信じられない気分です」

「ははっ、それはよかったね」

そう言って彼は嬉しそうにしている。

ステファンが部屋に入った瞬間から、侍女たちが騒がしい。

彼の甘い笑顔に頬を赤らめているようだ。

ステファンにとっては、いつものことなのか熱い視線を平然と受け流しているではないか。

シュバリタリア王国の王太子、セドリックも令嬢たちに人気があったらしいが、ここまでではなかったように思う。

それほどステファンが魅力的ということだろうか。

（今まで婚約者はいないと言っていたものね。でも呪いが解けた今なら、すぐにでも婚約者ができそうだわ）

フランソワーズは心の中で納得しながら頷いていた。

「フランソワーズ、何か他にしてほしいことはあるだろうか？」

「大丈夫です。むしろ十分すぎるくらいですわ」

フランソワーズがそう言うと、ステファンがそっと手を握る。

「……そうか。僕にできることがあれば何でも言ってくれ」

ゴツゴツして固い手のひらは剣を握っているからだろうか。

「フランソワーズの願いはなんでも叶えたいんだ」

フランソワーズが二人を苦しめる悪魔を祓ったので、感謝してくれているのだろうが、あまりの熱量に驚いてしまう。

シュバリタリア王国では聖女として宝玉の前で祈り続けていたが、最近は当たり前になりすぎて感謝もされなくなっていた。

だからこそ違和感を覚えるのかもしれない。

「あの……そんな風にしていただかなくても、もう十分ですわ」

「もしかして何か気に入らないことがあっただろうか？」

「い、いえ！　贅沢できてありがたいのですが少々わたくしには身に余るといいますか……」

フランソワーズの言葉にステファンはこれでもかと、目を見開いている。

シュバリタリア王国では宝玉を守るのは当然のことだった。

「フランソワーズ、君は僕たちを苦しめていた悪魔を祓ってくれたんだよ？」

「わたくしは大したことはしておりません。あの程度の悪魔は……」

聖女だと当たり前に祓えるような気もしたのだが、フランソワーズは実際に他の聖女がどのくらい力を持っているのかほとんど見たことがないためわからない。

王妃は宝玉の抑え方を教わっていたし、実際に力を使っていたところを見ていたが、悪魔を祓っていたわけではない。

それもフランソワーズ一人で大丈夫だということがわかると一緒に祈ることもなくなってしまった。

それからフランソワーズは一人で宝玉を守るようになった。

ステファンも聖女に頼んだことがあると言っていたが、この悪魔は祓えなかったということはある程度の力はなければならないのかもしれない。

（わたくしは聖女としての力が強いほうだとしても、マドレーヌには敵わないでしょうし……）

思わずマドレーヌの名前を出そうとして、フランソワーズは途中で口をつぐむ。

彼女は一人でこのレベルの悪魔と何度も対峙していたのだろうか。

王妃を含めて力の強い聖女ばかり周りにいたフランソワーズは、いまいち自分の力の強さを自覚していない。

王妃は他の聖女たちと協力しながら宝玉を守っていたことを考えると、フランソワーズのほうが力が強いのは確かだろう。

「あの程度なんてとんでもない……！　国中の神官や悪魔祓いを集めたって誰も打ち払うことなどできなかった。それをたった一人で退けたんだぞ？」

「……え？」

それからステファンはどれだけフランソワーズの聖女として力が素晴らしいかを力説してくれた。

「フランソワーズ、ずっとこの国にいてくれないだろうか」

「あの条件のことですか？　わたくしもこの国でお世話になれたら嬉しいですけど……」

ステファンが馬車の中で話していたフランソワーズの生活を保証してくれる話のことだろう。

特に行きたいと思っていた場所もないフランソワーズにとってはありがたい申し出だった。

たとえ平民だったとしても、フェーブル王国で自由に暮らせるのなら願ってもない。

（わたくしにも悪魔が祓えるのなら、教会に身を寄せて悪魔祓いの仕事をしながらゆっくりと過ごそうかしら）

この世界で女性一人で安全に暮らせる場所は限られている。

最初は王家の力を借りて、生活の地盤を築いていけたらと思っていた。

フランソワーズが「よろしくお願いします」と、言おうとした時だった。

「フランソワーズさえよければ、このまま城で暮らしてほしい」

「……城で？　どうしてですか？」

フランソワーズはステファンの言葉に首を傾げた。

王族でも貴族でもないフランソワーズが城で暮らす理由がない。

「僕と共にこの国を守ってほしいんだ」

「……？」

フランソワーズは、もう一度言ってほしいと意味を込めて耳を傾ける。

『僕と共に』と聞こえたが気のせいだろうか。

ステファンは優しい笑みを浮かべながら、衝撃的な言葉を口にする。

「フランソワーズ、僕と結婚してくれないだろうか」

「けっ……結婚ですか!?」

驚きから言葉を詰まらせたフランソワーズの大声にも動じることなくステファンは当然のように頷いている。

フランソワーズは何かの間違いかもしれないと、もう一度確認するために問いかける。

「ステファン殿下……ご自分が何をおっしゃっているのか、わかっているのですか？」

フランソワーズが問いかけると、ステファンは「もちろんだよ」と言って頷いた。

悪魔祓いのお礼は悠々自適な生活ではなく、いつの間にか大国の王太子との結婚になっているではないか。

驚きの提案にフランソワーズは首を横に振りながら自分に言い聞かせていた。

（そ、そんなわけないわよね……けれど、どうしてステファン殿下はわたくしに結婚を申し込んだのかしら？）

フランソワーズは混乱した頭で考えていると、ステファンはこちらの考えを見透かしたように口を開く。

「この件を解決してくれたことに深く感謝している。フランソワーズは僕たちの恩人だ」

「は、はい」

「でも、そのことだけじゃないんだよ」

「それは……どういう意味でしょうか？」

ステファンに問いかけるように言うと、彼は何かを思い出すように俯いた。

「フェーブル王国に移動する際、君の人柄にふれて……その、素晴らしいと思ったんだ」

「……！」

フェーブル王国へ向かう馬車の中で、ステファンと色々なことを話したことを思い出す。

「君と一緒にいると他の令嬢たちには感じたことのない気持ちになるんだ。フランソワーズを尊敬している。それに……」

言葉を詰まらせたステファンは瞼を閉じて視線を逸らしてしまう。

次第に彼の頬が真っ赤に染まっていく。フランソワーズはステファンから目が離せないでいた。

「君は……僕の理想の女性だと思った」

ステファンと目が合った瞬間、フランソワーズの頬もほんのりと色づいていく。

「それから君に剣を向けてしまったのに僕のことを怖がることなく受け入れてくれた」

「それは悪魔のせいで仕方がないことですから……」

「いいや。普通なら僕を避けるはずだ。簡単に許せはしないだろう。フランソワーズ、君は強い女性だ」

「……！」

「それに……君に大丈夫だと言われた時、本当に嬉しかったんだ」

フランソワーズの手をそっと握るステファン。

彼の手は微かに震えており緊張が伝わってくる。

「ずっとセドリックの婚約者だった君が、自由になりたかったことはわかっている……本当はこの手を離さなければいけないことも」

「……ステファン殿下」

ステファンは、そう言ってフランソワーズの手の甲に口付ける。

フランソワーズの気持ちを一番に考えてくれているからこそ、この言葉が出るのだろう。

「だけど、君の手を離せそうにない……こんな気持ちになったのは初めてなんだ」

フランソワーズはステファンにどう言葉を返せばいいかわからなかった。

物語から抜け出して、息の詰まるような日々から解放されるためにシュバリタリア王国を飛び出そうと決めた。

それからステファンに出会い、彼らの力になれたらとフェーブル王国へとやってきた。

初めて悪魔を祓ったことでオリーヴとステファンを救い、こうして感謝されたことが嬉しく思えた。人の役に立っていると実感できたからだ。

だがこのタイミングでステファンに結婚を申し込まれたことには正直、戸惑っていた。

（わたくしは一体、どうしたら……）

ステファンのことを信用しているし、彼が冗談を言っているわけではないとわかっている。

むしろ彼への気持ちは大きくなるばかりだ。

しかしフランソワーズは、この国を知らなすぎる。

今は軽率に受けることはできない。けれど王太子である彼の申し出を断ってもいいのだろうか。

フランソワーズの中に迷いが生じていた。

「わたくしは……」

「フランソワーズの気持ちを正直に教えてほしい」

ステファンの言葉を受けて、フランソワーズはゆっくりと自分の考えを話していく。

「正直に自分の気持ちを話していいのなら、今はステファン殿下の申し出を受け入れることはできないと思っております」

「……！」

ステファンの表情が曇っていくが、フランソワーズはそのまま言葉を続けた。

「わたくしはステファン殿下やフェーブル王国のことを知らなすぎます。無責任なことはしたくありませんから」

その言葉を聞いたステファンは大きく目を見開いた。

そのまま何も言わなくなってしまった彼にフランソワーズは焦りを感じていた。

（もしかして……ステファン殿下に不快な思いをさせてしまったのかしら）

ステファンから返ってきたのは、予想外の言葉だった。

「フランソワーズ、それは前向きな言葉だと捉えていいのだろうか？」

「……！」

ステファンは真剣な表情でフランソワーズを見つめている。

確かにもし嫌ならば『結婚はできない』と、すぐに断っていたはずだ。

それなのにフランソワーズは『知らなすぎる』と言って答えを濁している。

ステファンに前向きと捉えられても仕方ないだろう。

（わたくしも、ステファン殿下のことを……？）

ステファンにこう言われて改めて自覚することとなる。

彼の人柄を知った今、ステファンを嫌うことなどできはしない。

他者への思いやりや妹を守ろうとする気持ち。誠実な態度や優しさは温かくて一緒にいると居心地がいいと感じる。

フランソワーズはどう言葉を返せばいいかわからずに口籠もっていると、何故かステファンは嬉しそうに笑っている。

「やっぱり僕はフランソワーズのことが大好きみたいだ」

「……っ!?」

ステファンは自分の気持ちを伝えるようにフランソワーズの手の甲に再び唇を落とす。

フランソワーズは、ステファンの行動や言葉の意味がわからずに戸惑っていた。

「フランソワーズ、僕に時間をくれないだろうか？」

「時間、ですか？」

「ああ、フランソワーズに僕のことやこの国のことを知ってもらいたい。それから答えを聞かせてくれないか？」

ここで頷いたらもう逃げられなくなってしまう……それはわかっていたが自分の気持ちに嘘はつけない。

このままステファンのそばにいたいと思う自分がいる。

にこやかに笑っているステファンを前に、急に恥ずかしくなったフランソワーズは視線を逸らしつつ静かに頷いた。

「……よ、よろしくお願いします」

「いい返事をもらえてよかった。オリーヴも君が城に滞在すると知ったら喜ぶよ」

ステファンはいつものようににっこりと笑った後に立ち上がる。

フランソワーズとステファンの手はずっと繋いだままだ。

「フランソワーズ、朝食を一緒にどうかな？」

「……！」

「君と話したいことがたくさんあるんだ」

楽しそうなステファンは、以前よりもずっと感情豊かになったように感じた。

(悪魔の呪いに耐え続けていたんだもの……普通ならば呪いに耐えられずに気が触れてもおかしくないと聞いていたことはあるけれど)

ステファンが凄まじい精神力で悪魔に耐えていたことも知らずに、フランソワーズは自分の知識に偏りがあることについて考えていた。

（わたくしは宝玉のために祈りを捧げて抑えてばかりだったから、他の悪魔のことはあまり知らないのよね……）

己の知識不足を反省しつつも、食事の誘いを断る理由もなくフランソワーズは頷いた。

ステファンは「楽しみにしているね」と言って、フランソワーズを愛おしむように髪を撫でてから部屋を出る。

気持ちを聞いたからか彼のことを強く意識してしまうのは仕方のないことだろう。

（ステファン殿下が……わたくしに好意を寄せてくださるなんて信じられないわ）

ふわふわとした幸せな気持ちは初めて感じるものだ。

フランソワーズは侍女たちに身なりを整えてもらい準備をしてもらっていた。

豪華なドレスや靴、アクセサリーなどはステファンが急遽《きゅうきょ》、フランソワーズのために用意してくれていたらしい。

フランソワーズが眠っている間に手配したというのだから驚きだ。

ノックの音が聞こえて扉が開くと、そこには正装したステファンが立っていた。

（ステファン殿下って、どうしてこんなにかっこいいのかしら……）

完璧なヒーローを具現化したような圧倒的なビジュアル。

高貴なオーラを纏う王子様が、フランソワーズを愛おしそうに見つめている。

フランソワーズは彼にエスコートされるまま、朝食の会場へと向かう。

「今日は天気がいいからテラスで食事をするのはどうかな?」

「素敵ですね」

「今の時期は花が美しいよ。フランソワーズもきっと気に入る」

「……はい、楽しみです」

フランソワーズはステファンの気遣いが嬉しく思えた。

(ステファン殿下はわたくしを喜ばせようとしてくださっているのね……)

それと同時に元婚約者のセドリックと過ごした時間を思い出す。

フランソワーズは宝玉の前で祈りを捧げてばかりいたため、セドリックと夕食を共にしたことなどほとんどない。

フランソワーズの記憶の中で最後に二人で食事したのは数年前だ。

そこではこんな苦い記憶があった。

『無表情なお前と食事をすると料理が不味くなる』

『…………。申し訳ございません』

『冗談だ。もう少し感情豊かにできないのか?』

『善処いたします』

『ふん……つまらない奴だ』

『…………』

淡々と受け答えをしたフランソワーズだったが、その日からセドリックと一緒に食事をすることをやめた。

彼は軽口のつもりだったのかもしれないが、フランソワーズの心に傷は残っていた。

気持ちを踏み躙《にじ》られ続けたフランソワーズは、誰のために休む間もなく祈っていたのだろうか。

だんだんと悔しい気持ちが湧き上がってくる。

たとえフランソワーズがセドリックの前で笑顔で食事をしたとしても、マドレーヌと同じようには接することはないのだろう。

今は前世の記憶が戻ったため感情があるが、マドレーヌやベルナール公爵家の侍女たちの前で、物語のフランソワーズと同じように振る舞っている時は窮屈だったことを思い出す。

それほどまでに感情を押し殺さなければいけなかった。

幼い頃からフランソワーズの自由は何一つ与えられなかった。

感情をなくしてしまったのも、そうして追い詰められてしまったのが原因だろう。

そんなことを考えながらステファンと共に朝食の席へ。

外に出ると空は晴れ渡っていて風が気持ちいい。

鳥の可愛らしい囀《さえず》りが耳に届く。色とりどりの花がフランソワーズの目を楽しませてくれた。

ステファンと共に朝食の席に着くと、すぐに料理が運ばれてくる。

そこでフランソワーズが好んで食べていた食材ばかりが並べられていることに気づく。

「ステファン殿下、これは……！」

「ああ、君が好きそうな食材を使って作ってもらったんだ。シンプルであっさりした食事を用意してもらったんだけど、どうかな？」

「……！」

フランソワーズはステファンの気遣いが嬉しく思えた。

先ほど思い出した苦い記憶がスッと消えていくような気がした。

それから馬車の時と同様にステファンとは面白いくらいに会話が弾み、自然と笑顔が増えていく。

彼は人のことを悪く言ったりしない。

そんなところもセドリックとは違い、一緒にいて居心地がいいと感じるのだろう。

食事が終わり、デザートのフルーツが目の前に並べられていく。

紅茶を飲みながらフランソワーズは自分が意識を失った後の話を聞こうとしたが途中で唇を閉じた。

ステファンに水を口移しでもらったことを思い出してしまったからだ。

フランソワーズは唇を指で押さえる。

あの時は喉が渇いて仕方なかったが、今思えば大胆な行動を取ってしまったと恥ずかしさで頭がどうにかなりそうになった。

祈っている間は時間の経過を忘れがちだ。

こうして体感してみると悪魔祓いは、簡単な仕事ではないと気づく。

（たしか小説のマドレーヌは悪魔を消し去って人々を救って、皆から感謝されていたのよね）

マドレーヌは聖女の力を使って、たくさんの悪魔を滅したことで領民たちから大人気だった。

そして伯爵たちが事故死してしまったためベルナール公爵家の養子として迎えられた。

そこでベルナール公爵領の人たちを味方につけるのだが、今のマドレーヌはそこまでしていない。

フランソワーズが見ていた限りでは公爵領の人たちとは直接、関わっていなかった。

（悪魔祓いってわたくしにもできたのね……マドレーヌと同じで聖女の力を持っているから当然なんだけど）

フランソワーズが国から出たため、マドレーヌはフランソワーズの代わりに宝玉の前で祈っている頃だろうか。

マドレーヌの強い聖女としての力で悪魔の宝玉が早く壊れることを祈るばかりだ。

（もうわたくしには関係ない話だわ……あの国のことは忘れましょう）

フランソワーズは話を逸らすように、フランソワーズが祈りを捧げている時、ステファンがどうなったのか問いかける。

意識を失い、イザークとノアによって城にある教会に運ばれたステファン。

その間、彼は随分と抵抗したそうで二人は傷だらけになってしまう。

後ろに待機している彼らが包帯を巻いているのもそのような理由があるようだ。

悪魔はステファンを使って、フランソワーズを物理的に排除したかったのだろう。

意識が戻ったのは呪いが解けた後だった。

体が軽くなりアザは消えて解放感に驚いたようだ。

イザークとノアにお礼を言ってからフランソワーズの元に急いだ。

そこでオリーヴの病が治ったことを知る。

それから彼はフランソワーズが祈っている扉の前で、ずっと待機していたらしい。

だからこそフランソワーズが倒れた時に壁を叩いた僅かな音も聞き逃さなかったそうだ。

「聖女の仕事があんなにも過酷なものだとは知らなかった。まさかあんなに長時間祈り続けなければならないなんて……」

「そうでしょうか？」

「軽率にフランソワーズに頼んだことを後悔したよ」

「いえ、大したことではありません。いつも半日は当たり前のように祈っておりますし」

「飲まず食わずで長時間、祈り続けるなんて簡単にできることではないよ？」

フランソワーズは毎日当たり前のように繰り返していたためか、特に何も感じなかった。

そのことを伝えるとステファンは驚いている。

「フランソワーズはシュバリタリア王国ではいつもこんなことを？」

「はい。祈りが終われば妃教育やお茶会にもできるだけ参加しておりました。なのでこれが普通のことかと……」

「…………まさか、ありえない」

ステファンはフランソワーズの話を聞いて絶句している。

よくよく考えてみるとフランソワーズは激務だった。

宝玉がいつもより黒く染まれば寝る間も惜しんで祈りを捧げ続けたからだ。

当たり前だったことも、指摘されてみるとおかしいと思える。

（幼い頃から疲れたと言うことすら許されなかったものね。嫌だと言えばお父様やお母様に頬を叩かれたわ）

過去を思い出しながら暗い気分になってしまったと顔を上げる。

ステファンは眉を寄せてこちらを見ていた。話を変えようと話題を探す。

（話題……どうしてステファン殿下はわたくしに結婚を申し込んだのかしら。まだ親しくなって数日しか経っていないのに）

ふとステファンがフランソワーズのことをどう思っていたのかが気になって問いかけてみることにした。

セドリックについてパーティーや公務に参加していたフランソワーズはもちろんステファンとも面識がある。

度々、視線を感じていたのは悪魔祓いのことやオリーヴのことで話があったからだろうか。

「ステファン殿下は、以前からわたくしのことをどう思っていたのですか？」

ステファンは記憶を辿っているのか考え込んでいる。

その後にフランソワーズに笑顔を向ける。

「セドリックの婚約者ではなくなった今だから言えるけど、初めて会った時から……美しい人だと思っていた」

「……！」

「それといつも寂しそうだな、と」

ステファンはそう答えて困ったように笑った。

いつもフランソワーズが言われていたのは不気味や怖いなどの心ない言葉ばかり。

婚約者であるセドリックさえもフランソワーズを可愛げがないなどと罵っていた。

(ステファン殿下はそんな風に思っていてくださったのね)

それだけでフランソワーズの心がじんわりと温かくなっていく。

「僕が話しかけるとわずかだが感情が動くのがわかったよ。緊張しているのかな、とかね。だから国を追い出されそうなのに笑顔のフランソワーズを見た時には、ずっと感情を抑えていたのだろうなと思ったんだ」

「ステファン殿下……」

「もっと早く気づいて、力になってあげられていたらよかった」

ステファンの優しい言葉を聞いて、フランソワーズの心にしまい込んでいた感情が揺れたような気がした。

彼ほどフランソワーズを理解してくれていた人がシュバリタリア王国にいただろうか。

「あと、そんなところが僕と同じだなと思った。僕の場合は悪魔を抑えることに必死だったからなんだけどね。君も……自分を抑えるために苦しんでいるのかと想像したりもしたよ」

「…………」

「君は自分から国を出て行きたいと思うほどに、つらい思いをしていたんだね」

フランソワーズは胸元で手を握りながら彼の言葉に頷いた。

「こうして君が僕に笑顔を見せてくれると、なんだかとても嬉しいんだ」

ステファンを見つめながら話を聞いていると、だんだんと目頭が熱くなっていく。

視界がぼやけていることに気づいた時には涙が頬を伝っていった。

「……フランソワーズ？」

「え……？」

何故、泣いているのか自分でもわからない。手のひらで頬に触れると確かに涙が流れていた。

こうしてフランソワーズの気持ちを理解してくれる人がいたことが嬉しいのかもしれない。

「ステファン殿下、申し訳ありません……！」

「こちらこそすまない……つらいことを思い出させてしまったかな」

ステファンは立ち上がり、ハンカチを差し出してくれた。

フランソワーズはハンカチを受け取りお礼を言った。

もう一度「すまない」と言ったステファンを見上げながら、フランソワーズは首を横に振る。

「ステファン殿下にそう言っていただけて嬉しかっただけなのです」

「……！」

「ごめん、なさい……！」

いきなり泣き出せばステファンも驚くだろう。

フランソワーズがもう一度、謝ろうとするとステファンの手のひらが頬を撫でる。

流れる涙をそっと指で拭い、包み込むように優しく抱きしめてくれた。

「僕なら君にそんな思いをさせない……約束するよ」

「……ありがとうございます」

ステファンにエスコートを受けながら、近くにあったベンチに腰かける。

花の甘い香りがした。

フランソワーズはステファンの胸を借りて、静かに涙を流していた。

今まで一人で抱えてきた重たいものが涙と共に溢れていく。

ステファンは黙ってフランソワーズのそばにいてくれた。

初めて自分の気持ちを吐き出すことができたフランソワーズは、安心と疲れからか再び意識を失うように眠りについたのだった。

＊　＊　＊

「……フランソワーズ」

ステファンは名前を呼びながら、フランソワーズの頬を伝う涙を再び拭う。

フランソワーズは泣きながら眠ってしまったようだ。

彼女の金色の美しい髪を、ひと束だけ持ち上げてそっと唇を寄せる。

そのまま彼女を起こさないように抱え上げた。

オリーヴとステファンを長年苦しませた悪魔を祓ってくれたフランソワーズ。

その負担が彼女に重くのしかかってしまったことを申し訳なく思っていた。

(フランソワーズは恩人だ。彼女のためなら僕はなんだってする)

ステファンは、フランソワーズに初めて会った時のことを思い出していた。

フランソワーズに会ったのは十年も前のことだ。

シュバリタリア王国で開かれたパーティー会場だった。

真っ赤な上品なドレスを着て、背筋がピンと伸びて大人びていた。

彼女を初めて見た時のことは今でも鮮明に思い出せる。

(美しい……)

この世界に、こんなにも美しい人間がいるのかと思うと驚きだった。

妹のオリーヴがよく持ち歩いていた人形のように整った顔立ち。

まったく動かない表情が尚更、そう見せたのかもしれない。

まだ幼いのにもかかわらず完璧に振る舞うフランソワーズは会場でも注目の的だ。

父に『お前も婚約者が欲しくなったのか?』と言われたのを必死で誤魔化すほどに、生まれて初めて異性が気になった瞬間だった。

フランソワーズがシュバリタリア王国の王太子セドリックの婚約者なのだと知ったのはすぐのこと。

その時のショックはかなり大きなもので、今思えばそれがステファンの初恋だったのかもしれない。

フランソワーズに一目惚れをしたのだろう。

他国の王太子の婚約者に軽々しく声をかけるわけにもいかない。

ステファンはフランソワーズへの気持ちに強制的に蓋をして、なかったことにした。そうするしかなかったのだ。


そのすぐ後にオリーヴが体調を崩してしまう。なす術もなく、様々な治療法を探していた。

苦しむ妹をどうにかしたい。その思いで片っ端から本を読んで病気について調べていた。

だがそれが原因でステファンまで悪魔の呪いを受けてしまうことになる。

元凶となった本は誰にも触れられないようにして地下で厳重に保管されていた。

ステファンの受けた呪いはオリーヴとは違い、病で体が蝕まれることはなかったが、黒いアザは全身に広がり、強烈な破壊衝動と痛みが襲うようになってしまう。

やっと悪魔の仕業だと気づいた時にはもう手遅れ。

国中から人を集めて悪魔を祓おうとしていたが不可能だった。

ステファンは苦しむオリーヴをどうにかして救いたいと思い解決策を模索していると、すぐにシュバリタリア王国の名前が出てきた。

この世界で彼らほど悪魔祓いに詳しい者たちはいないそうだ。

シュバリタリア王国と聞いて、すぐに思い出したのはフランソワーズのことだった。

フランソワーズの生家、ベルナール公爵家もそうだがシュバリタリアには王妃を筆頭として『聖女』という役割の女性たちが存在する。

父はすぐにシュバリタリア王国に助けを求めた。

もちろんステファンたちの件を公にすることはなく、悪魔祓いをしてほしいという理由で。

派遣された聖女から返ってきた言葉は『もっと力の強い聖女でなければ無理だと思います』と、いう言葉だった。

詳しい内情を明かすこともできずに、聖女をシュバリタリア王国に返すしかなかった。

これ以上彼らに弱味を見せるわけにはいかない。けれど子どもたちを救いたい。

それとなく力の強い聖女を、と頼んでみるもののシュバリタリア王国は『強い悪魔祓いの力を持つ聖女を長期間、外に出すことはできない』と言われてしまう。

国にとって重要なものを守る義務があるからだそうだ。

ステファンは聖女を外に出せない理由を考えていた。

(重要なもの……それはなんだろうか)

恐らくそれがシュバリタリア王国が悪魔に精通している理由なのだと思った。

フェーブル王国はシュバリタリア王国ほど悪魔という存在について詳しくはない。

国中の神官や悪魔祓いを名乗る人たちを集めてみてもどうにもならなかった。

自分たちがどうにかしてみようと様々なことを模索するもののうまくはいかない。

シュバリタリア王国もフェーブル国王の必死な様子を見てか何かあると察したのだろうか。

そのまま有耶無耶《うやむや》になり、この件を追及できないまま終わってしまう。

前々からシュバリタリア王国はフェーブル王国を警戒していたことは知っていた。

聖女の件で、どちらに転んだとしても彼らにとっては変わらない。

ステファンとオリーヴの命か国を優先するのか、父が難しい選択を迫られていることはわかっていた。

自分たちの子どもが呪いを受けたことで、母は悩んで痩《や》せ細ってしまった。

国民たちを不安にしてはいけないと、この事実は伏せられていた。

オリーヴは不治の病にかかったことにして、ステファンはいつもどおりに過ごすことを心がける。

誰もこの苦しみを理解することはできないだろう。

恐怖や不安を感じるたびに黒いアザはステファンの体を埋め尽くすように広がっていく。

(少しでも気を抜くと、何かに意識を乗っ取られてしまいそうだ)

気を紛らわせるためにひたすら体を鍛えて、時には猛獣を倒しにわざわざ辺境の地に向かった。

血を求める浅ましい自分に驚くのと同時に恐怖が襲う。

そんな気持ちすらも悪魔の餌《えさ》となると書かれていたため、笑みを浮かべながら必死で自分の気持ちを隠していた。

月日が経つたびにオリーヴはベッドから起き上がれないほどに衰弱していく。

病に苦しむオリーヴを見て、ステファンは焦っていた。どうにかしなければと解決策を模索する。

それからもチャンスがあればシュバリタリア王国へと赴いた。

令嬢たちから色々聞き出そうとするものの、有力な情報は得られない。

だけどフランソワーズがとても強い聖女の力を持っているのだと知った。

彼女とは挨拶を交わす関係ではあるが、二人きりで話すことはなかなか難しい。

フランソワーズの視線の先には、令嬢たちが談笑する姿があった。

無表情だが、何故だかとても寂しそうにも見えた。


解決策を模索していたステファンだったが、ついに限界が訪れようとしていた。

ステファンのアザは全身に広がり、オリーヴも精神的にも体力的にもつらい日々が続いた。

もう何を犠牲にしてもシュバリタリア王国に頼るしかない、そう思った。

（せめてオリーヴだけでも救いたい……）

そんな思いを抱え、セドリックの誕生日パーティーへ向かった。

婚約者であるフランソワーズも必ず参加するに違いない。

今日こそは彼女と話をする機会をと思っていた時、チャンスは突然訪れたのだ。

セドリックの隣には、ステファンが知らない令嬢の姿があった。

（フランソワーズ嬢はどこにいる？　セドリックの隣にいる令嬢は誰だろうか）

その前にはポツンと一人で立つフランソワーズの姿。

『フランソワーズ・ベルナール、貴様との婚約は破棄させてもらう……！』

セドリックの言葉に会場は騒然としていた。

祝いの場で婚約者を晒《さら》し者にするやり方には驚きを通り越して呆れていた。

それにセドリックの隣にいるのがフランソワーズの義理の妹だということも。

フランソワーズはマドレーヌを虐げたという罪で問い詰められていた。

もっと驚きだったのは、セドリックが証拠もなくマドレーヌを擁護してフランソワーズを責め立てているという事実だった。

この場にシュバリタリア国王や王妃の姿はない。

『あるのは証言のみで証拠はない……それでわたくしをどう問い詰めようというのですか？』

フランソワーズの言っていることはすべて正しいと思った。

（……こんな茶番劇を誰が信じるというのか）

もっと信じられないのはフランソワーズの父親、ベルナール公爵が何も言わなかったことだ。

（娘ではなく、義理の娘を庇うというのか……？）

追い詰められた状況の中、フランソワーズは余裕の表情だ。

まるでこうなることがわかっていたかのようだと思った。

そして彼女は笑みを浮かべて会場を後にした。目に焼きついたように離れない金色の髪と赤い瞳。

魅入られたように動けなかったステファンだったがフランソワーズに続いてすぐに歩き出す。

会場を出て、彼女を追いかけるためだ。

フランソワーズがセドリックと婚約破棄したことや、国外追放にされたことは、ステファンにとっては幸運ともいえる巡り合わせだった。

ステファンはすぐにフランソワーズに声をかける。

彼女の格好から、ここから出て行こうとしているのだとすぐに理解できた。

これはステファンにとっては願ってもないチャンスだ。

（彼女の力を借りれば、オリーヴを救えるかもしれない……！）

フランソワーズは妹の話をすると、渋々ではあるがステファンについてきてくれた。

そう思うと気分が高揚したのだが、共に馬車に乗った時から違和感を覚えていた。

フランソワーズを前にした瞬間から、心臓が激しく動き、冷や汗が滲む。

今すぐに彼女を消さなければ……そう思ってしまう。

これは自分の気持ちではない。まるで何かに怯えているようだと思った。

今にも乗っ取られてしまいそうな感覚……フランソワーズの前で失態を晒すわけにはいかないと、必死に抑えていたが、我慢がきかなくなっていく。

教会を探すもついに限界が訪れてしまうが、フランソワーズの力でステファンは救われたのだ。

それから馬車の中で話して、一緒に過ごしているうちに昔から抑え込んでいた気持ちが溢れ出していく。

彼女を笑顔にしたい。もっとフランソワーズのことを知りたいと思ってしまう。

城に着くと父と母が待っていた。

早馬で連絡したため、フランソワーズが来るのを心待ちにしていたのだろう。

オリーヴの様子を見たフランソワーズは案内もしていないのに本が置いてある場所に向かった。

すると自分が自分ではなくなる感覚が抑えられなくなり、気づいたら剣を掴んでいた。

そしてフランソワーズの首元に剣を向けてしまう。

（……やめろ、やめてくれっ！　フランソワーズを傷つけたくない！）

だがフランソワーズはステファンを怖がることもなく、まっすぐにこちらを見つめていた。

『ステファン殿下、もう大丈夫ですわ』

フランソワーズの言葉に、暴れ出しそうな気持ちが落ち着いていく。

そのまま気絶するように眠りについたが、次に目が覚めた時には驚くほど体が軽くなっていた。

それから傷だらけのノアとイザークに体を見るように言われて確認すると、全身を覆っていたはずの黒いアザが綺麗に消えていたのだ。

（フランソワーズのおかげ……なのか？）

ステファンはイザークとノアと共に城の中へと戻る。

出迎えてくれたのはオリーヴと両親だった。

ベッドから起き上がれないほどに衰弱していたオリーヴが、顔色もよく、支えは必要だが自分の足で歩いている。

ステファンにとっては、夢でも見ているのかと思うほどに信じられない光景だった。

「オリーヴ!?　大丈夫なのか？　体は……？」

「ステファンお兄様、急に体が軽くなって息が苦しくなくなったの……信じられない気分だわ」

「僕も同じだ。体のアザがすべてなくなった」

ステファンとオリーヴは長年苦しめられた悪魔の呪いから解放されたのだ。

家族で抱き合いながら涙を流して喜んでいた。

「本当に信じられない。フランソワーズはたった一人で悪魔を祓ってくれたのだな」
フランソワーズの名前を聞いた途端、父に掴みかかるようにして問いかけた。
「――フランソワーズは⁉　無事なのですか？」
「ス、ステファン……落ち着け！」
ステファンの頭の中はフランソワーズのことでいっぱいになっていた。
彼女はまだ部屋から出てきていない。
フランソワーズに合図があるまで部屋に入っていけないと言われたそうだ。
ステファンはすぐにフランソワーズの元へと向かう。
固く閉ざされた扉を前に手を止めた。
ステファンはフランソワーズからの合図を待っていた。
するとわずかに何かが倒れる音と壁を叩く小さな音が聞こえた。
ステファンは迷ったが、声をかけつつ扉を開けた。
そこには力なく倒れているフランソワーズの姿があった。
呪われた本があった場所には灰が山になり積み上がっている。
ステファンはすぐにフランソワーズの元に駆け寄った。
医師を呼びに行かせて、水を持ってくるように頼む。
フランソワーズの唇が「みず」と動いたような気がしたからだ。
部屋を移動して水を差し出すものの、力が入らないようだ。

（……すまない、フランソワーズ）

心の中で謝罪してからグラスを傾けて、自らの口に水を流し込む。

それからフランソワーズに口移しで水分を渡した。

何度か繰り返すと、フランソワーズはホッとした表情で眠るように意識を失った。

ステファンはフランソワーズを強く強く抱きしめた。

（フランソワーズが無事で本当によかった……！）

余裕もなく感情を露わにするステファンに周りは驚いている。

いつも感情を動かさないように抑え込み、自分を殺し続けたのだ。

永遠に続いていく苦しみからステファンを解き放ってくれた。

「ありがとう……ありがとう、フランソワーズ！」

フランソワーズへの気持ちが溢れていく。

本当は一目見た時から彼女のことが好きだった。

共に時間を過ごしていく度に、もっともっと好きになっていく。

自分の気持ちを認めざるを得なかった。

今にも折れてしまいそうな細い手を握りながら、フランソワーズをベッドにそっと寝かせる。

それから彼女は眠り続けた。

ステファンは侍女たちと共にフランソワーズに付き添っていた。

その間、父と母と話す機会があった。

そこで一方的ではあるが、ステファンはフランソワーズに気持ちを寄せていることを伝えた。

「今はフランソワーズのことしか考えられません」

「彼女は我々の恩人だが……それにシュバリタリア王国の王太子から婚約を破棄されたばかりなのだろう？」

「それに強引にここに連れてきたのでしょう？　わたくしたちは、恩人であるフランソワーズをもちろん受け入れたいと思っているけれど……」

「フランソワーズの意思が一番大切だ。目を覚ましたらよく話し合いなさい」

「もし彼女が自由に暮らしたいというのなら、わたくしたちはフランソワーズを援助するわ。彼女は恩人だもの」

父と母もフランソワーズに心から感謝しているようだ。それはステファンも同じ。

しかし彼女の意思は自由になることだった。

ステファンもフランソワーズの手を離してあげるべきだとわかっていたが、彼女への想いは止まることはない。

どんな手を使ってでもフランソワーズのそばにいたいと思ってしまう。

今、フランソワーズに必要なのは休息だ。

彼女が笑顔でいられるためならなんでもしたいと思った。

それからステファンは彼女に気持ちを伝えていく。

『フランソワーズ、僕と結婚してくれないだろうか』

そう言えばフランソワーズを困らせることはわかっていた。

けれどもう気持ちを抑えられそうにない。

自分がフランソワーズを幸せにしたいと、そう強く思うのだ。

ステファンはなんとか彼女に時間をもらうことに成功した。

そしてフランソワーズが今まで置かれていた状況を聞いて、怒りしか湧いてこなかった。

まるで道具のようではないか、と。

セドリックに対しても同じだ。腹が立って仕方がない。

ステファンと同じように今まで色々なものを抑え込んでいたフランソワーズの本当の気持ちを知ることができた。

涙するフランソワーズを抱きしめながら、ステファンは決意する。

(もう誰にもフランソワーズを傷つけさせない。僕が必ず守ってみせる)

第三章

幸せな日々

The banished saint is the strongest savior

セドリックは嬉しそうに扉まで歩いていくフランソワーズの姿を見ながら呆然としていた。

周囲には気まずい空気が流れていたが、セドリックはそれよりもフランソワーズの笑顔に驚いていた。

(フランソワーズは……あんな風に笑えたのか？)

いつも無表情で塔に閉じこもって、祈りを捧げているフランソワーズ。

セドリックが何を言っても反応は薄く、何をするにも完璧で両親にも認められているフランソワーズに、密かに嫉妬心と劣等感を抱いていた。

(少し聖女としての力が強い程度で持て囃されているだけだろう？)

パーティーでセドリックが完璧に対応してもフランソワーズは軽々とそれを超えてくる。

『フランソワーズがいてくれたら、この国も安泰だわ』

『そのとおりだ。フランソワーズがいてくれるだけでいい』

両親の何気ない一言にセドリックのプライドは傷ついていく。

そんなセドリックを癒やしてくれたのはフランソワーズの義理の妹、マドレーヌだった。

彼女はセドリックの気持ちを理解して寄り添ってくれた。こんなにも心温まる日々は初めてだと思うほどに。

彼女は表情豊かで可愛らしい笑顔を向けてくれる。

セドリックを肯定して優しい言葉をかけてくれるマドレーヌに自然と気持ちは傾いていく。

それにマドレーヌは街で自分から進んで困っている人たちに手を差し伸べ、聖女としての実力を高めていたそうだ。

セドリックはマドレーヌにどんどんと依存していった。

そんな時、マドレーヌにある悩みを打ち明けられる。

それは『嫉妬したフランソワーズに虐げられている』というとんでもない事実だった。

「マドレーヌ、どういうことだ？　説明してくれ」

「わたしの力がフランソワーズお姉様よりも強いので、嫉妬されているみたいで」

「……嫉妬？　フランソワーズが？」

「はい、そうなんです。このことはセドリック殿下にしか相談できなくて……」

マドレーヌの両親は不慮の事故で亡くなってしまったらしい。

血縁関係にあったとはいえ、聖女としての力を認められてベルナール公爵家の養子になったのだろう。

しかしフランソワーズより強い力を持っているというのは初耳だった。

ベルナール公爵から王家に報告があってもいいはずなのに。

マドレーヌによれば、それすらもフランソワーズの圧力で王家にその事実が伝わらないようにしていたそうだ。

（まさかマドレーヌのほうが聖女としての力が強いとは……）

セドリックはそれを聞いて、マドレーヌが婚約者だったらよかったのにと思わずにはいられなかった。

それと同時にフランソワーズに対する憎しみが増していく。

するとマドレーヌがある言葉を発する。

「わたしがセドリック殿下の婚約者だったら、お力になれたのに……」

「……！」

そう呟《つぶや》いたマドレーヌにセドリックは気持ちが抑えられなくなる。

フランソワーズという婚約者がいながらも、マドレーヌを愛してしまったことに気がついたのだ。

(俺は……マドレーヌを心から愛している)

マドレーヌに気持ちを伝えると、なんとマドレーヌも「わたしもセドリック殿下を愛している」と言ってくれたのだ。

彼女と想いが通じ合ったことに喜び、天にも昇る心地だった。

ずっとフランソワーズが婚約者だったことに不満を抱いていた。彼女に異性としての魅力を感じたことは一度もない。

初めての高揚感に、セドリックはマドレーヌと結ばれるために動くことを決意する。

「俺もマドレーヌと結婚したいと思っているが……悪魔の宝玉のことだけが心配だ」

フランソワーズと婚約してから、彼女がずっと宝玉を守り続けていた。

その功績だけは認めざるを得ない。

そのおかげで母も自由に振る舞えるようになったと喜んでいたのを間近で見ていたからだ。

幼い頃は母が恋しくても会うことすらできなかった。

マドレーヌがフランソワーズの力より上だとしても宝玉のことだけはどうにもならない。

（マドレーヌが強い力を持っていたとしても、長年宝玉を一人で守っていたフランソワーズと比べてしまうと……）

そう考えてセドリックの気分が沈んでいく。

しかしマドレーヌから返ってきたのは予想外の言葉だった。

「それなら安心してください」

「どういうことだ？」

「実は、わたしは宝玉を破壊できるほどの力を持っているんです！」

セドリックはマドレーヌの言葉に耳を疑った。

歴代最高の聖女と呼ばれるフランソワーズよりも強い力。

この国を苦しめる元凶、悪魔の宝玉を破壊してしまうほどの力がマドレーヌにはあるという。

セドリックは半信半疑だったが、マドレーヌが嘘をついている様子はない。

「そ、それは本当なのか？」

「はい、そうなんです！　もう色々な悪魔を聖女の力で灰にしているんですよ」

たしかにマドレーヌの評判を聞いたことがあった。

平民から貴族まで助けている心優しい聖女、それがマドレーヌなのだ。

「何故そんな大切なことを伝えてくれなかったんだ！」

「それを言ったら……わたしはフランソワーズお姉様にひどい目に遭わされるかもしれないものっ」

涙ぐみ口元に手を当てるマドレーヌにセドリックは驚いていた。

(まさか自分の地位に固執して、こんな素晴らしい力を持つマドレーヌを虐げていたとは……！　フランソワーズ、失望したぞっ)

セドリックは怒りからかグッと手を握った。

頭の中にはフランソワーズに対する怒りでいっぱいだった。

それと同時に彼女の言うことに疑問を抱く。

悪魔の宝玉に祈りを捧げたこともないのに、どうしてそれがわかるのだろうか。

(このままマドレーヌの言うことを信じていいのだろうか……いや、マドレーヌが俺に嘘をつくはずがない！　彼女は完璧なんだ)

セドリックはマドレーヌを信頼していた。

マドレーヌならば問題なくやってくれる。

それならばフランソワーズがいなくなっても問題ないのではないかと思ったのだ。

(フランソワーズでなくても宝玉を守れるならマドレーヌでもいいはずだ……！)

「このことは父上と母上にも報告しよう……！」

「やめてくださいっ、報告したらフランソワーズお姉様に伝わってしまうわ！」

「……だが」

セドリックはマドレーヌを虐げた証拠を集めなければと提案しようとした時だった。

「わたしがフランソワーズお姉様に虐げられていることを証言してくれる人を用意しますから

「……！」

「証人までいるのか？」

「ずっとずっと、この日のために準備していたんですもの」

マドレーヌの唇が綺麗に弧を描く。

そのことに気がつかないままセドリックは喜んでいた。

「そうか！　任せたぞ、マドレーヌ」

セドリックはマドレーヌの言うことを信じて、自身は動くことはなかった。

そしてセドリックの誕生日パーティーでフランソワーズの罪を暴きたいとマドレーヌは言った。

「もしセドリック殿下の誕生日にわたしたちが結ばれれば、最高の記念日になりますね……！」

「あぁ、そうだな！　マドレーヌ、最高の日にしよう」

「ウフフ……きっと最高の日になるわ」

この時は二人で幸せになれると信じていた。


そうやって迎えたセドリックの誕生日パーティー。

フランソワーズを国から追い出すことに成功したものの、何故か腑に落ちない。

彼女の言葉が、セドリックの中で引っかかって仕方がない。

確かに証拠もなければ、証言だけでフランソワーズを追い詰めるのは無理があったのではないだろうか。

（マドレーヌに任せていたが、自分でもちゃんと動くべきだった……）

後悔してももう遅かった。

フランソワーズは身の潔白を証明するかと思いきや、さっさと身を引いて、会場から出て行ってしまったのだ。

『何を言われようと、わたくしが何もしていない事実は変わりませんもの。彼女に興味を持ったことすらありませんわ』

フランソワーズのその言葉が頭を離れない。

（もしフランソワーズの言うことが真実だったら。本当にこのままでよかったのか……？）

フランソワーズの言うとおり、彼女はほとんど悪魔の宝玉がある塔にいる。

それ以外はセドリックと公務を共にしてパーティーに出席していた。

フランソワーズは疲れた顔一つ見せずにいたからか忘れていたのだ。

彼女がベルナール公爵邸に帰ったのはいつだったのか。

フランソワーズがマドレーヌを虐げる時間などあっただろうか。

（そんなことにフランソワーズが興味を持つだろうか。まだマドレーヌと出会って半年……彼女たちはほとんど顔を合わせたことはないはずだ）

そう考えてセドリックはゾッとしてしまう。

（いや……ありえない。マドレーヌが嘘をつくはずがないさ。それにベルナール公爵だって何も言わないのだから同意したということだろう？）

セドリックはベルナール公爵の態度を思い出していた。

迷っているようにも見えたが、フランソワーズの味方をすることはない。

一連のやり取りを見ていた人たちもフランソワーズがいなくなったことが不安なのか騒ついている。

セドリックやマドレーヌの言うことを完全に信じているわけではないようだ。

貴族たちは皆、悪魔の宝玉のことを知っている。

シュバリタリア王国の貴族として生まれた令嬢たちは聖女としての力を多かれ少なかれ持っているからだ。

力の強い聖女は結婚に優位となるため、そうやって教育された令嬢たちは悪魔祓いの力を得る。

それもすべて悪魔の宝玉から国を守るためだ。

負担になっていた宝玉を守るという使命は、いつの間にかフランソワーズだけで担うようになっていた。

フランソワーズがいなくなることで、悪魔の宝玉を守るものがいなくなるのではと心配しているのだろう。

悪魔の宝玉の存在は他国にはバレないようにしなければならない。

宝玉の存在がバレてしまえば、よからぬことに使おうとする輩《やから》も現れてしまうと思ったからだ。

他国の要人たちがいるこの場では弱味を見せてはいけないと、なんとかパーティーを盛り上げようとするもののお祝いのパーティーとは程遠い雰囲気になってしまった。

（いや、大丈夫だ。フランソワーズがマドレーヌを虐げていたという証人の侍女や令嬢たちの証言が

出揃えばそれで済むはずだ）

　今はこの場をしっかりと仕切ることだけに集中しようと思った。

「パーティーを続けよう……！」

　無理やり笑顔を作っていたがセドリックは胸騒ぎがして仕方なかった。

　確認のため隣にいるマドレーヌに視線を送る。

　気のせいなのかマドレーヌの表情は、いつもより硬いようだ。

「マ、マドレーヌ……大丈夫だよな？」

　確認を込めて問いかけるとマドレーヌは静かに頷いた後に、いつものように笑みを浮かべた。

「大丈夫ですよ。フランソワーズお姉様がいなくなってセドリック殿下と結ばれることができるなんて嬉しいです」

「……そ、そうか」

「何もかもうまくいきますから！」

　セドリックはマドレーヌの言葉に頷くしかなかった。

　そして父と母の登場に沸き立つ会場。

　フランソワーズがいないことにすぐに眉を顰めたが、パーティーを終えた後にすべてを説明すると言ってはぐらかすしかなかった。

　誕生日パーティーを終えて、別室に移動してから両親にマドレーヌとフランソワーズのことを説明する。

「つまりお前の独断でフランソワーズを国外に追放したと、そういうことだな？」

「はい、フランソワーズは自らの罪を認めて出て行ったのです。それにベルナール公爵も公爵夫人もその場にいたのに文句すら言わなかったんだ！」

セドリックの言葉に二人は顔を見合わせている。

「だが、アレは……宝玉はどうするのだ？」

「それならマドレーヌが破壊してくれる。彼女はフランソワーズよりも強い聖女の力を持っているそうです！」

「な、なに？　それは本当なのか！」

「まぁ……！　そうだったの？」

セドリックがそう言うと、マドレーヌは一歩前に出てカーテシーを披露する。

それはフランソワーズと比べてしまえば拙《つたな》いものだった。

だが、今はそんなことはどうでもいい。

大切なのは両親を納得させてマドレーヌと結ばれることなのだから。

「はい。わたしはフランソワーズお姉様に虐げられることを恐れてこの事実を伝えられなかったのです」

「なんてひどいことを……！」

「フランソワーズお姉様はわたしに自分の立場を奪われると勘違いしていたんです。わたしは仲良くしたかったのにっ……！」

瞳を潤ませてこちらを見つめるマドレーヌは庇護欲を誘う。

セドリックはマドレーヌを慰めるように抱きしめた。それを見ていた両親も彼女に同情していた。

手のひらを返したようにあんなにも褒め称えていたフランソワーズを責めているではないか。

このまま二人を説得できればどうにでもなるだろう。セドリックはニヤリと唇を歪めた。

両親はフランソワーズがよかったのではなく、宝玉が守れさえすればそれでいいのだ。

フランソワーズがいなくなったところで、それよりも強い力を持つマドレーヌがいれば問題はないのだと悟った瞬間、態度を変えてきた。

セドリックの心がフワリと軽くなっていく。

（フランソワーズが必要だったんじゃない。フランソワーズの力を欲していただけなんだ……！）

それだけでセドリックの気持ちが救われたような気がした。

これでセドリックはマドレーヌと結ばれることができると思った。

ベルナール公爵とは改めて話すことになり、母はマドレーヌに声をかける。

「マドレーヌ、早速だけど宝玉を鎮めてほしいの。人が集まるパーティーの後はどうもダメなのよね。フランソワーズがいないのなら、あなたが代わりにやってちょうだい」

「フランソワーズよりも力が強いなら、すぐに鎮められるはずだ」

両親がそう言うとマドレーヌは、嬉しそうに笑みを浮かべながら頷いた。

「もちろんです！　わたしに任せてください」

自信満々のマドレーヌは塔へと足を踏み入れる。

ここ数年はフランソワーズしか立ち入ることがなかった場所だ。

久しぶりに見た宝玉はわずかに黒く濁っていた。

マドレーヌがこれを破壊してくれるかもしれないと両親も期待の眼差しを向けている。

マドレーヌは「緊張します」と言いながらも、宝玉のある部屋の中へ入っていった。

フランソワーズよりも力が強いなら数時間で宝玉の浄化を終えて部屋から出てくると思っていた。


けれど護衛からマドレーヌが部屋から出てきたと知らせを受けたのは半日以上経ってからだった。

セドリックがマドレーヌに声をかけようとすると、いつもと違う様子に気づく。

明らかに顔色が悪い。俯いて肩を震わせるマドレーヌを見て違和感を覚えた。

マドレーヌの名を呼ぶと、彼女はハッとした後に笑みを浮かべてこちらに駆け寄ってくる。

「マドレーヌ、随分と時間がかかったようだが……」

「……。初めてですし、パーティーの後で疲れていたんです」

「そ、そうか。だが……」

「このことをお父様やお母様にも報告したいので、一度ベルナール公爵邸に帰ってもいいですか？」

「あ、ああ」

マドレーヌはそう言ってはいるが、フランソワーズはパーティーの後だろうと夜通しだろうと宝玉に祈りを捧げていた。

毎日、何があっても宝玉に祈りを捧げることを欠かしたことはない。

セドリックに感じたことのない不安が襲う。

「失礼します……っ！」

マドレーヌはセドリックの前から逃げるように去って行ってしまった。

セドリックが宝玉に目を向けてみると、宝玉は完全には浄化しきれていない。

むしろ祈る前より黒くなっているような気がした。

（そんな……まさかマドレーヌは宝玉を完全に浄化することなく逃げたというのか？）

マドレーヌはあれだけ自信満々に言っていたのに、まさかできなかったというのだろうか。

心臓がうるさく音を立てる。

今までマドレーヌは宝玉のために祈ったことがないのだから仕方ない。初めてでうまくいかなかっただけだと言い聞かせていた。

（マドレーヌなら大丈夫だ。だが、もしマドレーヌが嘘をついていたら？）

セドリックは背筋がスッと寒くなっていくのを感じていた。

黒く澱《よど》みが増している宝玉に背を向けて、足早に部屋を出る。

そして期待して待っているであろう両親の元へと向かう。

このことをどう説明すればいいのか考えを巡らせていた。

（俺はマドレーヌを信じている。絶対に大丈夫だ）

セドリックは拳を握る。

——この選択が大きな過ちだったと気づかずに。

＊　＊　＊

シュバリタリア王国を出て一カ月が経とうとしていた。

フランソワーズはフェーブル王国で平和な日々を過ごしている。

ステファンから結婚の申し出を受けたが一旦、保留にしていたフランソワーズ。

けれどいつの間にかフェーブル国王や王妃もステファンの気持ちを知っていた。

フランソワーズに『ぜひ、王家に嫁いできてくれんか！』『あなたならわたくしたちも大歓迎よ！』と前向きな言葉をもらっている。

元々セドリックの婚約者だったフランソワーズは王妃教育を終えていた。

フランソワーズは、聖女の力を使うフランソワーズだからこそそう言ってくれているのだと疑っていた。

だがフランソワーズの力を利用することも仕事を押しつけることもない。

彼らにそんな打算は一切なくオリーヴ同様にステファンの気持ちを最優先しているのだとわかり安心していた。

フランソワーズは無意識にシュバリタリア国王たちと比べてしまって考えていたが、彼らはフランソワーズの意思を優先してくれる。

それからフランソワーズはオリーヴとは毎日一緒に過ごしているうちに自然と友人となった。

彼女は病の時にできなかったことをしたいとフランソワーズと買い物に行ったり、お茶をしたりしていた。

年相応にドレスやアクセサリー、化粧とおしゃれに興味津々だ。

「見てちょうだい。これはフランソワーズに似合うと思うの！」

「わたくしに、ですか？」

「ふふっ、お買い物は楽しいわね。あっ、あちらにあるのも素敵ね！　フランソワーズはどう思う？」

「とても可愛らしいと思いますわ」

「そうよね！　フランソワーズの分も買いましょう」

「……！」

オリーヴに巻き込まれるようにして、自然とフランソワーズの物が増えていく。

「ドレスもお揃いにしましょうね！　このヘアアクセサリーは色違いがいいわ」

「ありがとうございます！　すぐにお包みいたします」

「か、買いすぎじゃないでしょうか」

「そんなことないわ。今まで何もできなかったんだもの！　少しくらい楽しみたいわ」

「ふふっ、そうですね」

無邪気に笑うオリーヴは可愛くて、フランソワーズも明るい気持ちになる。

痩せ細った体が少しずつふっくらとしていくのを見ていると、フランソワーズまで嬉しくなってしまう。

彼女とは同じ歳ではあるが、まるで妹のように思えてくる。

「フランソワーズは美しくて羨ましいわ。わたくしもあなたのようになりたい」

「そうでしょうか？」

「そうよ！　わたくしこんなに綺麗な女の子、見たことないもの。昔、持っていたお人形にそっくり。本当に憧れちゃうわ」

度々、オリーヴにこう言われるのだがフランソワーズもそう思ってしまう。

毎日、顔を見ているると当たり前のように受け入れてしまっているが、確かにフランソワーズは綺麗で作りもののように美しい。

「それに立ち居振る舞いだって素晴らしいもの。わたくしも体力が戻ったら練習しなくちゃ……」

「オリーヴ王女ならすぐにできますわ」

「ありがとう、フランソワーズ」

幼い頃からセドリックの婚約者として厳しい妃教育をこなしてきたため、特に意識せずともこうできてしまうだけだ。

先ほどからオリーヴはフランソワーズを褒めてばかりいる。

「ステファンお兄様がフランソワーズに惚れるのもわかるわ……あなたは完璧すぎるくらい完璧なんだもの」

「褒めすぎですわ。オリーヴ王女」

「わたくしのことはオリーヴって呼んでちょうだいって言っているのに……！」

「二人きりの時には呼んでいるではありませんか」

「そうだけど今は二人きりよ！　友人として接してほしいの！」

オリーヴは不満を露わにするように頬を膨らませている。小動物のように可愛らしい彼女にフランソワーズの心は揺れ動く。

「……わかったわ。オリーヴ」

「ふふっ！　ありがとう、フランソワーズ」

役目から解放されたフランソワーズは毎日充実した日々を送っている。

それに今までずっと何もできなかったのはフランソワーズも同じ。

だからこそオリーヴの気持ちがわかるのかもしれない。

(こうして自由に過ごせる日が来るなんて……あの日、国を出ることができてよかったわ)

ステファンは約束どおり、フランソワーズに快適な暮らしを提供してくれている。

食べるものにも住む場所にも困っていない。城に住んでいるため、安全性もバッチリだ。

今はこの国のことをオリーヴやステファンから教わっていた。

新しい文化に触れるのは戸惑うこともあるが、新鮮で楽しいことも多い。

最近ではフランソワーズも貴族のパーティーやお茶会に顔を出すことも増えた。

そこで悪魔の気配を辿ってはフランソワーズは声をかけていた。

宝玉とはまた違う刺々しい雰囲気はフランソワーズにしか感じられないようだ。

すると悪魔に苦しめられていることがわかった。彼らの屋敷まで向かい聖女の力で次々と悪魔を灰にしていった。

ずっと苦しめられていた謎の痛みから解放された、子宝に恵まれた、寝たきりだった子どもが元気になった。

凶暴性が増していた犬が落ち着いたなど、大きいものから小さなものまで様々な影響をもたらしていたものを端から見つけては祓っていった。

そこでフランソワーズは驚いたことがある。

悪魔たちは弱く宝玉を抑えるために使っていた聖女の力を半分も使わずに、すべてを祓えてしまったのだ。

中には悪魔を祓うまでもなく、フランソワーズが近づくだけでバキバキに砕けてしまう物もあった。

(聖女の力が強くなっているのかしら……)

次第にフェーブル王国の貴族たちや国民の中で、フランソワーズのことが広まっていく。

そしてフランソワーズの元には、噂を聞きつけた貴族たちが殺到した。

もちろん悪魔が原因ではないものもあったが、その見分けがつくのも便利である。

フランソワーズは自分が悪魔を祓えることに喜びを感じていた。

一度コツを摑んでしまえば数時間、または数十分で悪魔が取り憑いているものを灰にすることができた。

何より様々な人に触れ合い、話を聞いて新しい発見をすること。

塔にこもっていたフランソワーズには、すべては新鮮なことに思える。

暫くは悪魔祓いに夢中になっていた。

一カ月経って、ひと通り大きな力を持つ悪魔を祓えたようで最近は悪魔祓いをしてほしいという依頼も減って平和な日々を過ごしていた。

そう思うとステファンやオリーヴに取り憑いていた悪魔がとてつもなく強いものだったのだとわかる。

どれだけ祈っても壊すことができないシュバリタリア王国の宝玉もだ。

そのおかげなのかフランソワーズは自然とフェーブル王国の人たちから圧倒的な支持を得て、英雄のような扱いを受けた。

フランソワーズはいつの間にか貴族たちの間で、名前を知らない者はいないほどに有名になる。

城にはフランソワーズに感謝をと、たくさんのお礼の品が貴族たちや救った人たちから山のように届いていた。

それにはフェーブル国王や王妃も、さすがに驚いていたようだ。

『我が国にもこんなにも悪魔が影響を及ぼしていたとは……！』

『フランソワーズがいなければ、この国がどうなっていたのか考えたくもないわ』

フェーブル国王と王妃、セドリックやオリーヴと食事をした時にそう言われたことを思い出す。

（フェーブル国王たちも言っていたけど、この国に悪魔に苦しんでいた人がこんなにもいたなんて

……驚きだわ）

それも残っていたのは、ある程度力がある悪魔ばかりでフランソワーズでなければ対処できなかっ

たのかもしれない。

自分から進んで悪魔を祓っていたのは彼らの役に立ちたい、救いたいと心から思ったからだ。

シュバリタリア王国では感じることのなかった気持ち。

ここにいてもいいと、必要とされていることが何よりも嬉しかった。

買い物が終わり、オリーヴがずっと行きたかったという街で人気のカフェで休憩がてらお茶をする。

周囲は護衛に固められて厳戒態勢だ。十数人の護衛に囲まれていた。

オリーヴは自分の結婚式のことについて嬉しそうに語っている。

彼女の婚約者、アダンは彼女の幼馴染《おさななじ》みで公爵令息だ。

幼い頃からアダンと結婚することが夢だったオリーヴ。

降嫁することになり、本来ならば王女として他国に嫁がなければならないがフェーブル国王は想い合う二人を見ていて引き離すことができなかったそうだ。

そうしなくてもフェーブル王国は今は安定しているし、他国を圧倒するほどの武力もあるため問題はないらしい。

アダンは毎日欠かさず城に通いオリーヴを励ましていたそうだ。

彼はオリーヴの体調が回復したことを誰よりも喜んでいた。

オリーヴの心が折れなかったのは間違いなくアダンの支えがあったからだそうだ。

互いを想い合う二人の姿を見ていると胸が熱くなる。

フランソワーズが感動しながらオリーヴの話を聞いていると、何故か話題はステファンのことへと移る。

「ねぇ、フランソワーズ。ステファンお兄様とはどうなの？」

「どうって……どういう意味？」

「そのままの意味よ。お兄様に求婚されたんでしょう!? フランソワーズは時間が欲しいと答えたのよね？」

「えぇ、そうね」

フランソワーズはステファンとの最近のやり取りを思い出していた。

ステファンは毎日と言っていいほどフランソワーズに会いに来る。

忙しい中でもフランソワーズのために必ず時間を作ってくれていた。

『君が好きだ』『今日も美しい』『共に過ごせる時間が幸せだ』

ステファンの甘い言葉を思い出すと、自然と頬が赤くなってしまう。

オリーヴはそんなフランソワーズの表情を見て嬉しそうにしていた。

「ステファンお兄様はフランソワーズに夢中なのよね」

「わたくしでいいのかしら……とは、思うけれど」

フランソワーズは好意を寄せられているのはわかっているが、自分でいいのかと不安になる。

ステファンは皆から慕われており、すべてにおいて完璧だった。

端正な顔立ちは目を引くし、いつも物腰が柔らかく紳士的だ。

どんな時も冷静で頭の回転も速い。その圧倒的な強さも人気の要因なのだろう。

「ふふっ、フランソワーズにそう言ってもらえるなんてステファンお兄様も幸せね」

「そんな……！　わたくしなんて」

フランソワーズはそう言って遠慮するように首を横に振る。

「自信を持っていいのに……！　あなただって同じよ？」

「そんなことないわ」

「完璧だし、あんなにみんなから愛されているのに。そうだわ！　ステファンお兄様にアピールが足りないみたいって言っておこうかしら」

「オリーヴ！」

「あはは、冗談よ！」

フランソワーズは笑うオリーヴを見て唇を尖らせた。

小さく息を吐き出してから、紅茶を飲むためにカップを持ち上げる。

オリーヴは三皿目のケーキを幸せそうに食べていた。

「ステファンお兄様は、ああ見えてこだわりが強くて、一度決めたら諦めたりしないからフランソワーズも大変ね」

「……え？」

オリーヴの言葉の意味がわからずに首を傾げた。詳しく話を聞こうとした時だった。

「オリーヴ、フランソワーズに余計なことを吹き込むのはやめてくれないか？」

「あら、ステファンお兄様！　もう公務は終わったの？」

「フランソワーズに会いたくて急いで終わらせてきたんだ」

フランソワーズの背後から現れたのは、正装したステファンだった。

どうやら公務を終えてそのままここにきたらしい。

「余計なことなんてとんでもない。それに今はわたくしがフランソワーズとお茶をしているのよ？　邪魔しないで」

「ぜひ、僕もフランソワーズと一緒に過ごしたいな」

「ステファンお兄様はいつもフランソワーズと一緒にいるでしょう！」

「それならオリーヴもだろう？」

「わたくしはフランソワーズが大好きなの！」

「僕だっていつもフランソワーズが大好きなんだ。彼女に会いたくてここまで来たんだよ」

フランソワーズの目の前で『どちらがフランソワーズと長く時間を過ごしているか』と、言い争いをしているいるオリーヴとステファン。

フランソワーズは見慣れた光景だと再びカップを傾ける。

大抵、二人はどちらがフランソワーズと一緒に過ごすかを争っている。

しかしタイミングよく彼女の婚約者、アダンがオリーヴを迎えに来たことでその争いも終わった。

今日はそのままアダンの生家である公爵家に行くとオリーヴから聞いていたが、もうそんな時間になってしまったらしい。

「アダン……！　会いたかったわ」

「俺もだ。オリーヴ、今日の体調は大丈夫かい？」

「えぇ、とても元気よ！」

オリーヴは立ち上がると、満面の笑みを浮かべながらアダンの元へ。

アダンはステファンとフランソワーズに挨拶をしてからオリーヴの手を取った。

愛おしそうに見つめ合う二人を見ていると微笑ましい気持ちになる。

少しだけ四人で話した後に、二人は互いを愛おしそうに見つめ合いながら去っていく。

フランソワーズはオリーヴたちが見えなくなるまで手を振っていた。

手を下ろすと、隣にいたステファンが優雅にフランソワーズの手を取る。

そのまま愛おしそうに手の甲に口付けた。

触れている手から熱が伝わって、ほんのりと頬が赤らんでいく。

「今日も綺麗だよ。フランソワーズ」

「あ、ありがとうございます……！　ステファン殿下」

相変わらずフランソワーズはステファンから熱烈なアピールを受けていた。

最近ではステファンに押されっぱなしである。

「今日もフランソワーズにプレゼントがあるんだ」

「わたくしにですか？」

「先ほど見かけてフランソワーズに似合うと思って……どうかな？」

「……綺麗」

フランソワーズに渡されたのは美しい真紅の薔薇だった。

ステファンから薔薇を受け取ったフランソワーズは嬉しさから自然と笑顔になった。

彼はこうしてフランソワーズに似合うから、好きそうだから、という理由で様々なものをプレゼントしてくれる。

「フランソワーズ、今度一緒に買い物に行かないか？　君にドレスやアクセサリーをプレゼントしたいんだ。それから今度のパーティーに僕のパートナーとして出席してほしいんだが……」

「ステファン殿下、待ってください！」

「……？」

フランソワーズはステファンの言葉を遮るように声を上げる。

「そ、そんな重大な役目……本当にわたくしでいいのですか？」

「もちろんだよ。僕はフランソワーズがいいんだ」

フランソワーズはステファンの婚約者でもないのに、こうしてもらうことに罪悪感を覚えていた。

彼に好意を寄せている女性たちを見てきたからだろう。

彼女たちのステファンへの熱量は凄まじいものだ。

フランソワーズの気持ちを察してか、ステファンは困ったように笑った。

こうしてステファンとフェーブル王国で過ごして一カ月経っても踏みきれない理由はわかっていた。

それは〝王太子の婚約者〟という肩書きだ。そのことがフランソワーズを苦しめる。

ステファンとセドリックが違うことは理解していた。

まだうまく気持ちの切り替えはできていないのかもしれない。

ステファンを待たせている心苦しさもある。

それを考えないようにするためにフランソワーズはひたすら悪魔祓いに励んでいたのかもしれない。

「すまない、フランソワーズ。君を困らせるつもりはなかったんだ」

「……！」

「焦りすぎてしまったかな」

ステファンはそう言って、いつものように笑みを浮かべた。

「だけどフランソワーズへの気持ちは本物だ。それにプレゼントだってそうだよ。君の喜んでいる顔が見たくて、気づいたら手を伸ばしてしまうんだ」

「……！」

「僕の気持ちを受け取ってほしい。これからもプレゼントさせてくれないか？」

ステファンの申し出を断る理由もなく、フランソワーズは頷いた。

このまま黙って受け取るだけでは不誠実な気がしたフランソワーズは、まだ自分がステファンと婚約することに抵抗感があることを話していく。

するとステファンは困ったように笑った。

「まだフランソワーズには時間が必要なことはわかっているよ。だけど君がどこかに行ってしまいそうで恐ろしいんだ」

「ステファン殿下……」

フランソワーズは申し訳なさから顔を伏せた。

こうして曖昧な態度でいることは、互いによくないこともわかっていたからだ。

するとステファンはフランソワーズの頬を優しく撫でる。

彼はいつもフランソワーズの気持ちに寄り添って理解しようとしてくれる。

ステファンは出会った時よりも、明らかに感情を露わにするようになっていた。

フランソワーズの前だけでしか見せない特別な表情を見るたびに心がときめくのだ。

フランソワーズは誠実で一途な愛を与えてくれるステファンに惹《ひ》かれている。

今後は彼のそばで共に過ごし、ステファンを支えていきたいと、そう思うほどに……。

だけどフランソワーズは自信がないため一歩が踏み出せないでいる。

「ステファン殿下のことは好きです。ですが……」

「……っ！」

「こんなわたくしが、フェーブル王国という素晴らしい国の王妃になれるのでしょうか？」

フランソワーズがそう言っても彼から返事がない。

不安に思ったフランソワーズが、ステファンの顔がほんのりと色づいていることに気づく。

「……ステファン殿下？」

「今、フランソワーズが……」

何かおかしなことを言っただろうかと考えてみてもわからない。

フランソワーズが首を傾げながら、彼の言葉を待っていると……。

「君が僕のことを〝好き〟と言ってくれたことが……本当に嬉しいんだ」

「……っ！」

視線を逸らしたステファンの頬は更に真っ赤になっている。

つまりフランソワーズがステファンを好きだと言ったことに喜んでくれているということだろう。

（わたくしったら……つい、自分の気持ちを！）

話の流れから本音が漏れてしまったようだ。もうステファンへの気持ちを偽ることはできない。

フランソワーズはしっかりしなければと頬を叩いて気合を入れてからステファンに向き直る。

「わっ、わたくしはステファン殿下のことが好きですわ！」

「……！」

「ですから……ンッ⁉」

ステファンの大きな手のひらが、フランソワーズの口元をそっと塞いだ。

フランソワーズは戸惑いつつもステファンを上目遣いで見つめていた。

「ごめん……これ以上は嬉しすぎてどうにかなってしまいそうだ」

「……！」

珍しく照れているステファンにつられるようにして、フランソワーズも頬を染めて瞼を伏せた。

手のひらが口元からゆっくりと離れていく。

互いの想いが通じあったのだと実感した瞬間、体温が上がったような気がした。

フランソワーズがステファンのことを好きだというのは嘘ではない。

彼に惹かれている……それは紛れもない事実だ。

二人の間に気まずい沈黙が流れていく。

「あの……ですからもう少しだけ気持ちの整理がつくまで、待っていてくれませんか？」

その言葉を聞いたステファンは、フランソワーズを抱きしめる。

背に回る腕の力が強まっていく。

「もちろんだよ。フランソワーズ」

「ステファン殿下、もう少しだけ時間をください」

「君の気持ちの整理がつくまで待つから……本当にありがとう」

その気持ちに応えるように、フランソワーズはステファンの背に手を回した。

爽やかなシトラスの香りに安心感を覚える。

ステファンの愛情が、手のひらから伝わってくる。

彼の隣に立つのはそう遠くない未来になるだろう。

何よりフランソワーズ自身がそうあったらいいなと思っているからかもしれない。

それからフランソワーズは城へと移動するためにステファンのエスコートを受けて馬車へと乗り込んだ。

馬車の中で改めて二人で買い物に行く約束をして彼との時間を大切に過ごしていた。

話題が尽きることはなく、あっという間に城へと着いてしまう。

門をくぐり、二人で城の中へ。

フランソワーズの部屋まで送ってもらう。

ステファンにはまだまだ王太子としての仕事が残っているそうで、フランソワーズを侍女に任せて足早に去っていく。

朝早くから公務に出かけて、夜遅くまで仕事をしているのを知っていた。

（ステファン殿下はフェーブル王国をよくしようと努力しているのね）

どうすればもっとフェーブル王国がよくなるのか。

国民たちがどうすれば暮らしやすくなるのか、彼は常に考えているようだ。

城の中で働く人や貴族たちにももちろんだが、街に出ると大騒ぎになるほど国民たちからも大人気だ。

ステファンと常に行動しているイザークとノアとも話す機会が多いのだが、志高いステファンに一生ついていきたいと言っていたことを思い出す。

（ステファン殿下はとても強いのよね？　そういえば、明日は訓練場で訓練があると言っていたわ）

ステファンが強いということは知っていたが、フランソワーズの前では頑なに剣を握りたがらない。

フランソワーズは訓練に興味津々だったが、なぜかステファンに見学することを止められていた。

彼は悪魔に操られていたとしても、フランソワーズに剣を向けてしまったことを気にしているらしい。

剣を振るう姿をあまり見られたくないと思っている理由は他にもあるようで『フランソワーズを怖がらせたくないから』だそうだ。

オリーヴにそのことを相談してみると「お兄様、とても強いから……フランソワーズをびっくりさせたくないんじゃないかしら」と、目を逸らしながら言っていた。

しかし『見てはいけない』と思えば思うほど気になってしまう。


その次の日、フランソワーズは騎士たちの訓練を見学しに訓練場へと向かった。

イザークとノアに頼んで連れてきてもらったのだ。

フランソワーズは邪魔にならないようにと壁からひょっこりと顔を出す。

訓練場に入ると騎士たちの熱気と雄々しい声に驚いてしまった。

シュバリタリア王国の騎士たちは聖女たちの護衛が主な仕事だったため強さよりも見栄えが重視されていた。

フランソワーズは誰でもよかったため特に騎士にこだわりはなかったが、聖女の中には騎士を顔で選び護衛につける者もいたらしい。

聖女としての仕事をしていないにもかかわらず、だ。

彼らはフェーブル王国の騎士たちのように訓練している姿はあまり見かけなかった。

だがフェーブル王国は大国で国土も広いため、このような訓練も必要なのだろう。

当たり前ではあるが、皆が訓練用の木製の剣を持って声を上げながら打ち合っている。

そんな騎士たちに囲まれた中心で剣を振るっているのがステファンだった。

軽い身のこなしに目を奪われてしまう。

背後から斬りかかられたとしても、すぐに躱《かわ》して反撃をしている。

フランソワーズはステファンの圧倒的な強さに魅入られていた。

誰一人、ステファンに触れることすらできないのだ。

いつもの笑顔とは違う真剣な表情と力強く低い声。

素早い剣捌きで騎士たちを薙《な》ぎ倒す姿は圧巻だった。

イザークとノアの話によるとステファンは呪いが解けてからは体が軽くなったらしく、さらに動きが速くなったそうだ。

訓練場の端にはステファンに打ちのめされた騎士たちが膝をついていた。

けれどステファンは汗をかいておらず涼しい顔をしている。どうやら彼は体力も規格外のようだ。

いつもの優しいステファンとは違い、男らしい姿にフランソワーズは内心惚れ惚れとしていた。

イザークとノアはステファンに怒られないかと隣でソワソワしている。

頃合いを見計らってフランソワーズは差し入れと、汗を拭くための布を持ってステファンの元へと向かう。

フランソワーズに気づいたステファンが大きく目を見開いていた。

「フランソワーズ!?　こんなところで何を……!」

「おつかれさまです。ステファン殿下」

汗を拭う布を差し出すと、ステファンは戸惑いつつも布を受け取った。

荒々しく汗を拭うステファンから露出する肌に思わず視線を逸らしてしまう。彼の色気にあてられて、くらりと目眩《めまい》がした。

「ありがとう、フランソワーズ。でも、どうしてここにいるんだい？」

いつものようににこっりと笑っているのにどこか怒っているようにも見える。

彼の問いかけにフランソワーズはハッとして顔を上げる。

「わたくしが頼んで連れてきてもらったのです……！」

「……！」

「ご迷惑をおかけして申し訳ありません」

フランソワーズの言葉にステファンの視線がノアとイザークへ。

名前を出していないのに何故かバレているではないか。

大きく肩を揺らしている二人を見て、フランソワーズはとイザークとノアを庇うように声を上げる。

「わたくしがお二人にどうしてもと頼んだのです！」

「そうだろうね」

ステファンは頷きつつも髪を乱暴に掻いている。

彼は苦い表情でフランソワーズから剣を隠すように下げた。

ステファンはフランソワーズに剣を向けたことを気にしているのだと思った。

「……怖くは、なかったかな？」

ステファンの問いかけにフランソワーズは首を横に振る。

「とてもかっこよかったです。ステファン殿下はやはりお強いのですね」

「フランソワーズ……」

「わたくし、ステファン殿下の剣捌きに見惚れてしまいましたわ」

フランソワーズが手を合わせながら笑顔でそう言うと、ステファンの頬がみるみるうちに赤くなっていく。

口元を腕で押さえて、フランソワーズから視線を逸らしてしまう。

照れているステファンが余程珍しいのか、様子を見ていた騎士たちはどよめいているようだ。

それもステファンが振り返って彼らに視線を送ったことでピタリと声が止まった。

フランソワーズはそんな騎士たちにも声をかける。

「こちら差し入れですわ。皆様で召し上がってくださいませ」

フランソワーズは大きなカゴをステファンに手渡した。

その後ろから侍女たちも騎士たち用のサンドイッチを運ぶ。

中にはサンドイッチが大量に入っている。騎士たちも嬉しそうだ。

「ありがとう、フランソワーズ」

ステファンの爽やかな笑顔に、フランソワーズは彼を見つめながら頷くことしかできなかった。

その後も訓練を見学してステファンの圧倒的な強さを目に焼き付けたのだった。


その二日後――。

ステファンがフランソワーズを買い物に誘ってくれた。

午前中にあった会合が、相手の都合で日程がずれたからだそうだ。

そこでステファンに誘われ街に出かけることになった。

フランソワーズは侍女たちに街娘風の格好にしてもらいつつ、彼を部屋で待っていた。

扉を叩く音が聞こえて返事をすると、同じくお忍びの格好をしたステファンが現れた。シャツと黒いズボン、眼鏡とシンプルな姿だ。

イザークとノアもステファンの背後から顔を出す。

今日は彼らが変装して、護衛としてついてきてくれるそうだ。

フランソワーズはステファンのエスコートで馬車に乗り込んだ。

シュバリタリア王国でフランソワーズは、ずっと宝玉がある部屋にこもりきりでベルナール公爵邸を往復しているだけ。

以前は移動の馬車の中に窓の景色を見ることが密かな楽しみだった。

（……あんな生活を続けていたら、わたくしはいつか壊れてしまっていたでしょうね）

そんなことを思い出しながら、フランソワーズは窓から流れる景色を見ていた。

こうして自由に動ける幸せを噛み締める。微かに指が震えるのは何故かはわからない。

そんな些細な変化にも、ステファンはすぐに気づいたようだ。

「フランソワーズ、どうしたの？」

「いえ……こうして街に出て買い物することはなかったので、緊張しているのかもしれません」

「……買い物を？」

「はい。わたくしは城で聖女として仕事ばかりしていましたから」

「フランソワーズはフェーブル王国でやってくれているようなことをしていたのかい？」

「……いいえ」

フランソワーズは顔を伏せた。

もうシュバリタリア王国と関係のないフランソワーズが、今更悪魔の宝玉のことをステファンに話す理由もない。

このことは他国にひた隠しにしていた。

シュバリタリア王国にとって、悪魔の宝玉の存在は大きな負担になっている。

フランソワーズがそれを一人で抑えられるようになってからは、その大変さは忘れられていった。

当たり前のようにフランソワーズは国に尽くしていた。自分の幸せを犠牲にしながら……。

「わたくしには聖女として重要な役目があったのです。ですがもう忘れたいですわ」

「……そうか。つらいことを思い出させてすまない」

フランソワーズは小さく首を横に振る。

ステファンは、これ以上この話題に触れることはなかった。その気遣いが今はありがたい。

「ですがこうしてフェーブル王国に来てから、どんどんと心が軽くなっているような気がするんです」

「フランソワーズ……」

「ステファン殿下やオリーヴ王女と色々な体験ができて、わたくしは幸せですわ。毎日がキラキラと輝いていますから」

休む間もなく王太子の婚約者と宝玉を守る役目を続けていたフランソワーズの心は乾いていた。

だが今は色々なことを少しずつ取り戻していたようだ。

ステファンはフランソワーズの無意識に握っていた手を覆うように重ねた。

「フランソワーズ、これからは僕と色々なことをしよう」

「……え？」

「僕はフランソワーズを幸せにしたい。君には笑顔でいてほしいんだ」

フランソワーズはステファンの手を握り返す。彼の体温を感じながら瞼を閉じた。

「ありがとうございます……ステファン殿下」

馬車が街に着くまでフランソワーズはステファンに体を預けながら手を握っていた。

馬車が大通りに差しかかる手前で止まる。

再びステファンのエスコートで、フランソワーズは馬車から降りた。

ここがフェーブル王国で一番大きな街だそうだ。

賑わっている街、熱気を感じてフランソワーズは呆気に取られていた。

立ち止まっていたフランソワーズだったが、ステファンに手を引かれて人混みの中を歩いていく。

ステファンはよくお忍びでここに来るそうで、こうして街を歩くことにも慣れているそうだ。

「民の声を直接、聞ける機会なんてないからね」

そう言ったステファンの行動力があり国民のために動くところもフランソワーズは尊敬していた。

ステファンはなるべくフランソワーズを人混みから庇うように歩いてくれる。

フランソワーズは様々な店に視線を向けながら辺りを見回していた。

街には興味を惹かれるものばかりある。

本来の目的はステファンがフランソワーズにプレゼントするためにドレスショップや宝石店に寄ることだ。

だが、その前に街の様子を見てみてもいいかとフランソワーズが申し出た。

ステファンは「もちろんだよ」と快諾してくれた。

噴水がある広間まで辿り着いたフランソワーズは、ベンチに腰かける。

フランソワーズの前を楽しげに歩く人々を見ているだけで、こちらまでわくわくしてくる。

ステファンが「少しここで待っていてくれ」というと、そばにあった露店の店主に慣れた様子で声をかけている。

フランソワーズの後ろには、変装したイザークやノアが待機していた。

変装していてもフランソワーズの金色の髪や美貌は目立つのか周囲から視線を感じていた。

フランソワーズが誰かに声をかけられないように見張っているのだろう。

周りを威嚇《いかく》するような鋭い視線が背後からひしひしと伝わってきた。

ステファンが戻ってくるまで、フランソワーズは心地よい風に身を委ねていた。

そっと瞼を閉じて深呼吸を繰り返す。

大きな声で呼び込みをする人や笑い声、楽しげな会話が響いていた。

瞼を開いたフランソワーズは、その景色を見ながら呟くようにして言った。

「…………素敵」

「ああ、皆が幸せそうに笑っているのを見るのは僕も嬉しい」

いつの間にか何かを手に持ったステファンが、フランソワーズの前にいた。

よく見るとソーセージが挟んであるパンと、黄色の液体が入っているコップが目に入る。

フランソワーズは見て目を輝かせてからソーセージが挟んであるパンを受け取った。手のひらから熱が伝わってくる。

「ステファン殿下、ありがとうございます」

「ここのパンが一番美味しいんだよ。フランソワーズにも食べてほしくて」

「そうなのですね。楽しみです」

ステファンはフランソワーズの隣に腰かけた。

フランソワーズは膝の上にパンを置いてからジュースを受け取った。

甘酸っぱい匂いがするので、フルーツの果汁なのだろうか。

肩が触れてしまいそうな距離に、なんだかドキドキしてしまう。

ステファンは、変装して眼鏡をかけているのに女性たちの目を引きつけているようだった。

フランソワーズはジュースが入った簡易的なコップを傾ける。

粗《あら》く搾られているせいか果肉がたっぷりだ。

一口飲み込むと果肉が舌を伝うザラザラとした感触と、柑橘系のいい香りが口内に広がっていく。

「フランソワーズ、大丈夫だったかい？　ここは人通りが多いから」

「圧倒されてしまいますが、とても素敵な街ですね……笑顔が溢れていますわ」

「うん、そうだね。僕もフランソワーズにこの街を知ってもらえて嬉しいよ」

ステファンは本当に嬉しそうに街の人たちを眺めている。

ジュースを飲み終わったフランソワーズはコップを置いてパンを手に取る。パンを包む紙からはまだじんわりと熱が伝わっていた。

(とても美味しそう……！　香ばしい匂いがするわ)

フランソワーズは前世の記憶があるため、ホッドドックに似たパンを戸惑うことなく口にする。

ジュワッと口いっぱいに広がる油と肉肉しい豪快な味。ハーブの香りが鼻に抜けていく。

ソースは塩辛いが水分の少ないパンに染み込んでいていい塩梅《あんばい》だ。

いつもの手の込んだ料理とは違うシンプルな美味しさ。

それを見たステファンが驚いているのを見て、フランソワーズは食べる手を止める。

「どうかしましたか？」

「驚いただけだよ。フランソワーズはこのパンの食べ方を知っていたんだね」

「えっと、それはですね……」

貴族の令嬢として育ったフランソワーズがパンを戸惑うことなく口にしたため驚いたのだろう。

前世の記憶があるとは言えずフランソワーズは必死に言い訳を模索していた。

「その……密かに街での生活に憧れていて、色々と聞いたり調べたりしていたのです。このパンの食べ方は侍女に聞いたことがあって、たまたま知っていただけですから……！」

「そ、そうなんだね」

ステファンはフランソワーズの必死な様子に頷くしかなかったようだ。

そしてステファンもパンを口にするが、その姿すら上品に見えて絵になってしまう。

(何もかもが完璧なのよね、ステファン殿下は……)

パンをペロリと食べきったフランソワーズはホッと息を吐き出した。

簡易的なコルセットのためか、まだまだ食事ができそうだ。

それからステファンに案内してもらいながら街を見て回った。

気になる露店に寄っては食べ物を口にする。フランソワーズの知識にもないものばかりで、すべてが新鮮に思えた。

フランソワーズが目を輝かせているのをステファンが優しい瞳で見ていたことも知らずに前を歩いていく。

ひと通り店を巡って歩いた後に、本来寄る予定だったドレスが売っている店へと向かった。

高級なブティックに足を踏み入れる。

フランソワーズとステファンが店に入ると、変装した格好のせいか最初は不思議そうにしていた店員たち。

しかしステファンが眼鏡をとると誰なのか気がついたのか深々と腰を折った。

「今日はお忍びで来たんだ。僕が想いを寄せている彼女に最高のドレスを用意してくれ」

「……ステファン殿下!」

「僕がそうしたいんだ。だめかな?」

そう言ったステファンは悲しげに呟いたあとに、眉を寄せて困ったようにこちらを見つめる。

フランソワーズは彼のこの顔に弱い。

ステファンのこうした可愛らしい一面はフランソワーズと二人きりの時によく見せてくれる。その特別な表情に胸は高鳴っていく。

照れているのを隠すように下唇をキュッと噛んだ。

視線を逸らすフランソワーズを逃がさないと言いたげに、ステファンが顔を近づけた。

「フランソワーズにドレスを贈れるなんて夢みたいだ。あの時の僕に教えてあげたいよ」

「……え？」

「なんでもないよ」

聞き返すも笑顔で誤魔化されてしまう。

ステファンはフランソワーズをエスコートしながら歩いていく。共にブティックのソファに腰をかけた。

「それに、こんな風に女性に何か贈りたいと思ったのは初めてなんだ。迷惑だったかな？」

「いえ……そんな」

ステファンの声が耳元で響く。

嬉しいことばかり言われるため、フランソワーズの心臓が跳ねるように鳴っていた。

（こんなことを言われたら断れないわ）

ステファンに流されるままドレスを選ぶことになったのだが、フランソワーズの前に並べられる見たことがないほどの高級ドレスの数々。

わかってはいたが、大国のフェーブル王国とシュバリタリア王国ではレベルが違うようだ。

フランソワーズは次々とあてがわれるドレスを見ながら、呆然としていた。

「この色もフランソワーズによく似合う。だが、こちらのデザインも捨て難いね……」

ステファンの手にはチュールが重なっている薄ピンク色の生地に色とりどりの花の刺繍がされているドレス。

もう一着は肌触りのよさそうな光沢のある水色の生地に胸元や裾に美しいレースが施されている。

「あの……ステファン殿下」

「フランソワーズ、この色は好きかい？」

「はい、好きですけど……」

「そうか。なら、これももらおう。もう一着も包んでくれ」

「ありがとうございます。ステファン殿下」

「え……!?」

真剣な表情で店員と共にドレスを選ぶステファンに声をかけたとしてもその手は止まらない。

ステファンは次々とドレスを手に取ってはフランソワーズにあてがい購入していく。

「フランソワーズ、他に必要なものや欲しいものはある？」

「な、ないですわ！」

「そうか……なら、こちらのワンピースもここからここまで頼む。フランソワーズによく似合いそうだ」

「ステファン殿下!?」

「この靴ももらおう。帽子は必要だろうか？　フランソワーズの侍女を連れてくるべきだったかな」

結局、フランソワーズの制止は聞き入れられず、彼は大量のドレスや服などを買い込んでいく。

仕舞いには「僕ばかりが選んでしまったから、オーダードレスも頼もうよ」というステファンの提案を受ける。

フランソワーズは店員に連れられるがまま別室へ。

そこでサイズを測り、生地やレース、刺繍を選んで一からオーダードレスを作ることになった。

どうするべきかと戸惑っているフランソワーズとは違い、女性店員たちのテンションはとても高い。

どうやらフランソワーズを着飾りたくて仕方ないようだ。

「フランソワーズ様はオリーヴ王女殿下がおっしゃっていたとおり、とってもお美しいんですもの！」

「たくさんのお召し物を買い揃えたくなるステファン殿下の気持ちが理解できますわ！」

「あんなに真剣に悩むステファン殿下を初めて見ました。フランソワーズ様は愛されているのですね」

「そ、そうなのでしょうか」

「「そうに決まっています！」」

つい先日、オリーヴとアダンがこの店を訪れて、オーダードレスを作ったそうだ。

その時にオリーヴからフランソワーズの話を色々と聞いたらしい。

フランソワーズを褒め称える声に照れつつも生地やデザインを選んでいく。

初めての経験に胸がドキドキと高鳴っていた。

素敵なドレスが出来上がる予感と高揚感にフランソワーズは胸を抑えてステファンが待っている部屋に戻る。

いつの間にかお会計を終えていたステファン。彼のエスコートを受けて店の外へ向かった。

オーダーしたドレスは出来上がり次第、城に届けてくれるそうだ。

それから荷馬車に次々に運ばれていく大きな箱を見つめていると、ステファンが視線を塞ぐように目の前に立つ。

「フランソワーズ、大丈夫かい？」

「とても素敵な経験ができました。ありがとうございます、ステファン殿下……ですが、買いすぎではないでしょうか？」

フランソワーズがそう言うとステファンは嬉しそうに笑っている。

「そうかな？　僕はまだまだ買いたりないくらいだ。君に似合うものが多すぎるからね」

「……！」

褒め上手なステファンにフランソワーズの頬がほんのりと染まっていく。

「さて、次の店に行こうか」

「ま、まだ行くのですか!?　会合は……」

「先ほど連絡を受けて、今日は中止になったんだよ。だからゆっくりとフランソワーズと過ごせる」

ステファンはそう言って嬉しそうに笑った。

「次は君に似合う宝石を探しに行こう。ドレスに合うものや普段使いできるものがあるといいね」

「……は、はい」

楽しそうなステファンを見て、フランソワーズはあることを思っていた。

（またたくさん買うつもりなのかしら……）

当たり前だがステファンの行く店はどこも高級店だ。

フランソワーズは買い物に行ったことはないし、ドレスは用意されたものを着用していた。

普段は祈りやすい聖女服を着ていたし、ドレスを着る機会は他の令嬢たちよりは少なかっただろう。

だが、先ほどのブティックで売られていたものは今までとは比べものにならないほど高級なことだけはわかる。

それは見た目や生地、手の込んだデザインからしてすぐにわかることだった。

そしてフランソワーズの予想は見事に当たることとなる。

次に入った宝石店でもドレスショップと同じようなことが起こる。

フランソワーズは「そんなにたくさんはいりませんから！」とステファンを止めるのに必死だった。

ドレスも高いが宝石はもっと値段が張る。

フランソワーズの指のサイズなどを測った後、次々にステファンの指示どおりにフランソワーズにあてがわれるキラキラと輝く宝石があしらわれたアクセサリー。

選ぶ回数も多く、フランソワーズは目が回るほどに忙しい。

「ドレスに合わせる髪飾りも必要だろう？」

そんなステファンの言葉と同時に目の前に並べられる宝石が埋め込まれている髪飾りたち。

「フランソワーズの美しい金色の髪には、どんなものでも似合ってしまうから悩んでしまうね」

ステファンはそう言いつつも楽しそうである。

「コレとコレは外せないかな。フランソワーズはどちらが好きかな？」

「えっと……」

フランソワーズの前に並べられているのは、青い宝石が埋め込まれている髪飾りと緑色の宝石がちりばめられている髪飾り。

その髪飾りを見て、フランソワーズはあることを思う。

（この宝石……ステファン殿下の瞳みたいだわ）

フランソワーズは青い宝石がはめ込まれている髪飾りを手に取った。

そういえば先ほどもオーダードレスを頼んだ時のこと、ステファンの瞳と同じ青い生地や黒い刺繍を無意識に選んだことを思い出す。

（わたくし……ステファン殿下のことを考えて選んでいたのね）

その瞬間、フランソワーズは真っ赤になった顔を隠すように俯いた。

微かに肩を振るわすフランソワーズを見て、ステファンは不思議そうにしている。

「フランソワーズ、どうかしたのかい？」

「いえ……」

「青の宝石がついた髪飾りでいい？」

ステファンの問いかけにフランソワーズは頷く。店員は頭を下げて髪飾りを受け取った。

何も言わなくなってしまったフランソワーズにステファンは声をかける。

「もしかして無理をさせてしまったかな？」

心配そうな声が聞こえてフランソワーズは顔を上げる。そして小さく首を横に振った。

「フランソワーズ？」

「ス、ステファン殿下の……瞳の色や髪の色のものばかり選んでいることに気づいてしまって」

「え……？」

「先ほどオーダーさせていただいたドレスも、気づいたら青色の生地や黒の刺繍を選んでいました」

「……！」

「そのことに気がついて、恥ずかしくなってしまったんです。申し訳ありません」

言葉にするとますます照れてしまいさらに赤くなる頬。

ステファンは大きく目を見開いた後に、人前にもかかわらずフランソワーズを抱きしめた。

今は貸切のため他に客はいないが、店員たちは驚いている。

「ス、ステファン殿下？」

「……そんなに可愛らしいことを言われたら我慢できなくなる」

触れている部分から熱が伝わっていく。ステファンの心臓の鼓動が聞こえてくる。

フランソワーズはどうすればいいかわからずに困惑していた。

宝石店の店員たちの視線もあるため、フランソワーズは声をかけながら彼の肩を叩く。

「ス、ステファン殿下、公《おおやけ》の場ですから……そろそろ！」

「ああ、すまない」

ステファンの体がスッと離れたのだが、自分から言っておいて少し寂しく感じてしまう。

フランソワーズが赤くなる頬を押さえながら背を向けた。

彼も「すまない」と言って、咳払いをしている。

フランソワーズはステファンの様子を窺うためにチラリと視線を送った。

彼のほうが背が高いので、自然と上目遣いになってしまう。

「フランソワーズ、わざとやっているの？」

「何のことでしょうか？」

「はぁ……」

ステファンにため息を吐かれてしまい、動揺していたフランソワーズだったが、ポツリと呟かれた言葉に驚くこととなる。

「…………君は可愛すぎるよ」

「……ッ!?」

どうやらステファンは自分の瞳の色のドレスや宝石を選んでくれたことが相当嬉しかったようだ。

シュバリタリア王国ではなかったが、フェーブル王国では婚約者同士で互いの瞳の色や髪色に合わせたドレスや服を着ることで愛を伝えることもあるそうだ。

つまりフランソワーズは無意識にそれをしてしまっていたことになる。

「まさかオーダーのドレスもそうしてくれているなんて嬉しすぎるよ」

「あの……はい」

「フランソワーズは何色でも似合うと思ったけど、君が選んだドレスの出来上がりがますます楽しみになったよ」

あまりの甘酸っぱい雰囲気に店員たちも二人を応援するような形で温かく見守っていた。

その後も二人で照れつつもフランソワーズは美しいアクセサリーや髪飾りを選び終えた。

終わったと思うのと同時に襲い来る疲労感。ステファンもそれには心配そうにしつつも、顔を覗き込んでいる。

「……フランソワーズ、大丈夫かい？」

「少し休ませてもらえますか？」

「もちろんだよ」

「初めてのことばかりで緊張していたのかもしれません」

疲れからぐったりとしてきたフランソワーズは少し椅子で休ませてもらっていた。

まだ逞しい腕に抱かれた感覚が残っている。

フランソワーズは頬を挟み込むように、ひんやりとした手のひらを当てた。

店員がフランソワーズの前に紅茶やクッキーを用意してくれた。

フランソワーズはグラスに入っている水をゆっくりと飲み込んでからホッと息を吐き出した。

それからレモンが浮かんだカップに入る温かい紅茶に手を伸ばす。

今はその気遣いがとてもありがたいと思えた。するとステファンが部屋へと入ってくる。

「フランソワーズ、体調はどうかな？」

「申し訳ありません。今まで外に出ずに聖女の仕事ばかりしていて、あまり体力がないもので……」

「いいや、僕こそ年甲斐もなくはしゃいでフランソワーズに無理をさせてしまいすまなかった」

「ステファン殿下のせいではありませんから」

謝るステファンにフランソワーズは首を横に振る。

幼い頃から王妃になるために厳しい教育を受けて塔で祈ってばかりいたフランソワーズ。聖女としての強い力はあっても体力がないのは事実だ。

どうやら自分の体力を見誤ってしまったらしい。

フランソワーズはステファンに手を引かれながら店を後にする。

馬車に乗ると一気に疲れが肩にのしかかっていた。

フランソワーズの手をステファンはずっと握ってくれている。

「フランソワーズ、着いたら起こすから少し休んでくれ」

「はい……ありがとう、ございます」

「ゆっくり休んでくれ」

「ステファン、殿下……」

フランソワーズはステファンの言葉に甘えて瞼を閉じる。

疲れからかすぐに眠気が襲い、意識が遠くなっていった。

＊　＊　＊

ステファンはスヤスヤと寝息を立てるフランソワーズの髪を撫でるようにして整えた。

手を離して彼女の眠りの妨げにならないように慎重に体を動かした。

彼女が少しでも寝心地がいいように御者に馬車をゆっくり走らせるように頼む。

街を巡り、キラキラと瞳を輝かせながら楽しむフランソワーズの姿を見てステファンは今まで感じたことのない気持ちになっていた。

こんなにも幸せなことがあってもいいのだろうか。

フランソワーズにドレスや宝石をプレゼントしたのだって一緒に時間を過ごしたかったからだがそれだけではない。

「フランソワーズ……君を引き止めるためなら僕はなんだってする」

ステファンはフランソワーズの金色の髪を一束取るとそっと唇を寄せる。

自分の気持ちをストレートに伝えることで、フランソワーズが受け止めきれずに困惑していることはわかっていた。

それが彼女の負担にもなっていることも急ぎすぎていることも……。

だけどできるだけ彼女のそばにいたい。こんな風に女性に執着するのは初めてだった。

それほどまでにフランソワーズを愛している。この気持ちは止められそうにない。

（まさか自分がこんなに欲深くて浅ましい人間だったなんてな……）

ステファンは髪から手を離して片手で額を押さえていた。

彼女への気持ちはどんどんと大きくなっていく。

「ん……」

フランソワーズは無意識にステファンにすり寄るようにして近づいてくる。

彼女の手がステファンの服の裾をギュッと握っていた。

ステファンはそっとフランソワーズの手の甲に重ねるようにして手を置く。

手のひらから伝わる熱すらも愛おしい。

（……今のシュバリタリア王国のことを、フランソワーズに伝えたら彼女はどうするだろうか）

フランソワーズがシュバリタリア王国から消えて一カ月。

今、あの国は大きくバランスを崩している。

シュバリタリア王国が何かを隠していることは、ステファンも薄々気がついていた。

聖女や悪魔祓いの知識、大した武力もないのにシュバリタリア王国がここまで生き残っていた理由だろう。

何かが違う……その正体がわからない限り踏み込めないのだ。

それはシュバリタリア国王からの言葉からもわかることだった。

『我が国は聖女と共に大切なものを守っている。それは我が国どころか全世界を揺るがすほどの強大な力だ』

それが陳腐な脅しではないことは、なんとなくではあるがわかっていた。悪魔に関わることだろうか。

他の国も同じだろう。聖女の力が大きく関わっており、力の強い聖女を国外に出せないのもそのような理由があるからだろうと推察できる。

恐らくフランソワーズはその『何か』を守るために自分の時間を犠牲にしていたのかもしれない。

だからこそ街に行く時間もないし、ドレスを買ったりしたこともない。

父に聞いた話だがフランソワーズがセドリックの婚約者になる前のこと。

シュバリタリア王国の王妃は、本当に大切な公務以外は出席することがなかったらしい。

また途中でパーティーを抜けて国に帰ることもあったそうだ。

今ではすべての公務に参加して、パーティーにもよく顔を出している。

つまりフランソワーズの前には王妃が聖女として、その役割を果たしていた。

フランソワーズも次期王妃として、国にとって大切な役割を引き継いだのだろう。

それなのにセドリックは公の場でフランソワーズにあのような辱《はずかし》めを与えたのだ。

シュバリタリア国王と王妃がいたらまた違う展開になったのだろうが、いない時を狙って仕組まれたに違いない。

隣にいたマドレーヌという少女がこの事態を引き起こしたのかもしれない。

セドリックはマドレーヌに心酔している。一目見てそう思った。

彼女はずっとつらい仕事を押しつけられたままだったのだろうか。

自らを犠牲にしてきたが義妹に居場所を取られてしまい、今までの成果がなかったかのように両親に味方されることもない。

フランソワーズの努力の上にシュバリタリア王国での幸せが成り立っていたのではないのだろうか。

信じられないことにあの場で彼女に手を差し伸べる者は誰もいなかった。

ステファンはあまりにもひどいフランソワーズへの扱いに、今思い出しても怒りが湧いてくる。

万が一があってはならないと騎士たちにシュバリタリア国王のことをずっと探らせていた。

すると彼らは数週間経ってからフランソワーズを必死で探しはじめたのだ。

ステファンが気に入らないのは、フランソワーズがいなくなった直後は誰も動くことはなかったという事実だ。

家族も国もフランソワーズの代わりがいればいいと一度は切り捨てた。

それなのに今になり、国が危険に晒されているからとフランソワーズを必要としているのだ。彼女をまた利用するために……。

(こんなこと……許せるわけないだろう?)

恐らくセドリックの隣にいたマドレーヌという令嬢を含めて、他の聖女たちにはフランソワーズの代わりを満足に果たせなかったようだ。

ステファンは奥歯を噛み締めながら苛立ちを堪えていた。

フランソワーズの笑顔を平然と奪い取っておきながら、彼女に頼ろうとすることが気に入らない。

それに数日前にはシュバリタリア国王からフランソワーズを返してくれと泣きつく手紙が来た。

どうやらフランソワーズがステファンと共に馬車に乗り込んだあの日、二人でいるところを見ていた門番から聞き、居場所を突き止めたようだ。

ステファンはシュバリタリア王国のことをフランソワーズに伝えたくなかった。

フェーブル王国ではフランソワーズは英雄だ。だからこそ居場所の特定も容易かったろう。

正義感が強く心優しいフランソワーズのことだ。

それを聞いたら彼女は罪悪感に苛まれてしまうかもしれない。

シュバリタリア王国のために国に戻ると言うのだろうか。

ありえないと思いつつも嫌な考えが頭をよぎる。

（フランソワーズは優しすぎる。だからあんなことにあってしまった……）

意図的にフランソワーズの元にシュバリタリア王国の情報が耳に届かないように手を回していた。

それにフランソワーズをまた傷つけるような者たちは絶対に近づけたくない。

彼女はもはやフェーブル王国にとってなくてはならない存在だ。

父もフランソワーズを守ることには賛成してくれた。

こちらが悪魔で困っている時にシュバリタリア王国は手を差し伸べてくれることはなかった。

それゆえに『フランソワーズは我々が保護している。助ける義理はない』と返事をしたそうだ。

しかし父もシュバリタリア国王のあまりに必死な様子に危機感を覚えているらしい。

それなのにシュバリタリア国王は『一度でいいからフランソワーズと話をさせてくれ』『フランソ

ワーズが必要だ』そう言ってと引き下がろうとはしない。

大量に送られてくる手紙を無視していると、仕舞いにはフェーブル王国に聖女が誘拐されたと訳のわからないことすら言いはじめた。

それほどシュバリタリア王国は追い詰められているということだろう。

(フランソワーズは渡さない。もう二度と彼女を傷つけないと誓ったんだ)

先ほど宝石店で買った指輪が入った小さな箱を取り出す。

フランソワーズが『ステファン殿下の瞳みたい』と言ってくれた髪飾りと同じ青い宝石がついた指輪だ。

指輪を手に取ってから、彼女の右手の薬指にはめた。

気持ちよさそうに眠るフランソワーズは、笑みを浮かべているようにも見える。

(僕が必ず君を守ってみせるから)

その固い決意を胸にステファンは指輪をはめたフランソワーズの手に口付けたのだった。

第四章

決別

The banished saint is the strongest savior

マドレーヌは自室に引き篭もりながらガリガリと爪を噛んでいた。

フランソワーズがいなくなって一カ月、シュバリタリア王国は大混乱に陥っていた。

（なんで……!?　なんでわたしの力で宝玉が壊せないの？　こんなの物語どおりじゃないわ！　変よっ、絶対におかしいわ）

フランソワーズを国外に追放したあの日、マドレーヌは物語どおりに進んだことを喜んでいた。

しかも物語の結末よりもずっと早く終わらせることができた。ハッピーエンドに近づけたのだ。

物語とは違う形だったがフランソワーズがいなくなり、マドレーヌは初めて宝玉の間に足を踏み入れた。

目の前にある宝玉を見ていると寒気を感じる。

今までに感じたことがないような恐怖がマドレーヌを襲った。

（大丈夫よ。わたしはこの宝玉を壊せるヒロインなんだから……！）

いつも悪魔を祓うように力を込めて祈りを捧げたものの、物語のようにうまく宝玉を浄化できないことに気がついたのだ。

（ど、どうして？　わたしはフランソワーズよりも強い悪魔祓いの力を持っているはずでしょう？）

いくら祈っても宝玉は黒く澱んだまま、うまく浄化することができなかった。

外で待っていたセドリックには『初めてだから』『疲れていたから』と言い訳して、彼を無視するようにベルナール公爵邸に帰った。

しかしそんな理由ではないことはマドレーヌ自身が一番よくわかっている。

今のマドレーヌでは明らかに力が足りていない……そう頭によぎった。

だがシュバリタリア国王や王妃の前で、宝玉が壊せるとまで言っておいて、今更『できませんでした』なんて言えるはずもない。

マドレーヌは二年かかる物語を、半年でクライマックスまで持っていくことに成功した。そのせいで力不足になってしまったのだろうか。

フランソワーズの断罪シーンですら、うまくいかなかったことを思い出す。彼女がナイフではなくスプーンを持つまではうまくいっていたのに。

（どうしてあんな風に笑ったの？　今までは原作どおりのフランソワーズだったのに……！）

フランソワーズに騙されたような気分だった。

マドレーヌは悔しさや腹立たしさから涙が込み上げてくる。

手のひらを爪が食い込むほどに握り込んだ。

実はマドレーヌは悪魔祓いのことに関して、あまり勉強してこなかった。

早く実績をアピールしようと適当に弱そうな悪魔をたくさん祓っていたのだが、そのことが仇となってしまったようだ。

自分が原作のマドレーヌよりもずっと力が弱いことにはなんとなく気づいていた。

けれどそれも時間が解決すると思っていたのに……。

（あんなところでずっと祈り続けるなんて退屈で馬鹿みたい。時間の無駄よ！　早く宝玉なんかなくなっちゃえばいいのにっ！　壊れろ、壊れなさいよ）

フランソワーズを貶《おとし》めるために用意した侍女や使用人は悪魔祓いをして救ってやり、無理やり協力を求めた。

あとはフランソワーズの美しさと力に嫉妬している令嬢と協力して、彼女を虐げていたと嘘をつかせる。

それもセドリックが調査を命じたことによって、彼女たちの証言はバラバラなことが判明してしまう。

それがフランソワーズが出て行ってから三日経った時のことだった。

毎日、宝玉の間で祈りを捧げるが宝玉をうまく浄化することができない。

自分なりに試行錯誤するものの、浄化は進まずに宝玉は黒く濁っていく。苛立ちは募るばかり。

「いつ宝玉は壊せるんだ？」

マドレーヌはセドリックの問いかけを誤魔化すように「もうすぐです」と答えていた。

だけど一週間経ったのに何も変わらないことにマドレーヌは焦りを感じていた。

もし嘘をついたことがバレてしまえば一大事だ。それこそ死刑になってしまうかもしれない。

（どうしよう……！　わたしは……ヒロインのマドレーヌは宝玉を壊せるはずなのにっ）

セドリックはいつまで経っても宝玉を壊せないことを察しているのだろうか。

マドレーヌを庇い、シュバリタリア国王たちに言い訳をしてくれている。

いつも宝玉の間を守っている騎士たちを辺境に飛ばして、何もなかったことにした。

（よかったわ……やっぱりセドリック殿下はわたしのことが好きなのね）

それにはマドレーヌも安心したし、セドリックに感謝していた。

だけどいくら力を込めても宝玉を壊せないし、浄化もうまくできることはない。

（おかしい……こんなはずじゃない。原作ではマドレーヌの力で宝玉は壊れるはずなの！）


そして今日も宝玉を壊すことはできなかった。

それどころか宝玉はどんどんと黒くなっていく。浄化できないことに焦りを感じていた。

（まだ半分はいっていないけど黒いまま……このままだったらわたしは！）

マドレーヌがどうしたら宝玉を壊せるのか考えながら部屋を出た時だった。

セドリックは険しい表情でマドレーヌの肩を乱暴に摑む。

「ど、どうしたんですか？　セドリック殿下」

「マドレーヌ、どうして俺に嘘をついた!?」

「…………え？」

「もう一週間も経つんだぞ!?　宝玉は壊れていないじゃないか！　どうなっているんだよ……！　説明しろっ」

今までセドリックに対して適当に言い訳していたが、もう誤魔化すのは限界だった。

だが、こんなに激しく彼に責め立てられると思わずにマドレーヌは苛立っていた。

今まであんなにマドレーヌに優しかったセドリックは別人のようだ。

唇を噛んだマドレーヌは、悔しくなり叫ぶように言った。

「わっ、わたしは嘘なんかついてませんから！」

「なんとか誤魔化せているからいいが、この件が父上や母上にバレてしまえばどうなるかわかっているのか⁉」

「信じてくださいっ、セドリック殿下……！」

「答えろよ、マドレーヌッ！」

「……ッ！」

マドレーヌがいつものように上目遣いでセドリックにアピールしても彼は怒ったままだ。

セドリックはマドレーヌを乱暴な口調で責め続けた。

(なによっ、わたしに惚れているくせに！　このわたしと結婚できるんだから少しくらいいいでしょう？)

セドリックの身勝手な態度が許せないマドレーヌは拳を強く握る。

「もしフランソワーズを冤罪で追い出したことがバレたらどうなるか考えたくもないっ」

「……は⁉」

「全部、お前のせいだからな！　責任は取れよ、マドレーヌ！」

その言葉にマドレーヌの中で張り詰めていた糸がプチリと切れた。

「何を言っているのよ！　フランソワーズお姉様を追い出したのはセドリック殿下でしょう⁉」

「何、だと……？」

「わたしは助けてってお願いしただけだもの！　フランソワーズお姉様を国から追い出してなんて、一言も言っていないじゃない！」

「……っ！」

「セドリック殿下が勝手にやっただけなのに、わたしのせいにしないでよっ！」

そう言うとセドリックは血走った目でこちらを睨みつけている。

だがマドレーヌは虐げられている、セドリックの婚約者だったらいいのにと言っただけだ。

ニヤリと歪むマドレーヌの唇。

これで自分の責任ではなくなると思っていたが、予想外のことが起こる。

「マドレーヌ……お前がフランソワーズよりも悪魔祓いの力が上だと言ったのはやはり嘘なんだな」

「……ッ！」

「父上や母上の前でそう言ったんだ。王族を謀《たばか》ったとなればどうなるのか……わかるだろうな？」

今度はセドリックの唇が弧を描いた。

確かにマドレーヌは宝玉を壊せるとシュバリタリア国王と王妃の前で言ってしまった。それは覆せない事実だ。

（だって原作ではマドレーヌが宝玉を壊していたじゃない！　こんなことになるなんてわたしだって思わなかったもの、仕方ないことなのに信じられないっ）

マドレーヌが、こんなにも聖女の力が少ないなんて思わなかったのだ。

彼女は元々強い力を持っていたから、ここまで成り上がれたのだと、そう思っていたのに。

マドレーヌはガリガリと爪を噛んだ。

「本当はそうなるはずだったのよ……！　わたしは間違ってないわ」

「嘘がバレたらお前も共犯だ！　宝玉に祈りを長時間かけたとしても浄化できもしない。嘘つきめっ！」

「……っ⁉」

セドリックの発言にマドレーヌは言葉を失っていた。

（ひどい……！　ヒロインであるわたしになんてこと言うのよ）

あんなにも優しい言葉をかけてくれていたのに力がないとわかった途端、セドリックは手のひらを返した。

涙が溢れ出しそうになりながらも、マドレーヌは声を上げる。

「信じられないっ！　裏切り者っ」

「裏切り者はどっちだ！」

「もうこんな宝玉どうでもいいっ！　セドリック殿下なんて大っ嫌い」

「おい……っ！」

制止するセドリックを無視してマドレーヌはそのまま逃げ帰るように、ベルナール公爵邸に帰った。

（こんな国を守るために力を使うことなんてないわ。わたしにあんなこと言うなんて許せない！）

マドレーヌは体調不良などを言い訳にして部屋に閉じこもって城に行くことはなくなった。

心配するベルナール公爵たちは扉越しに語りかけてくるが、それすらも煩わしい。

セドリックも宝玉のことで公爵邸を訪れたらしいが、理由をつけて無視を続けていた。

それからマドレーヌに都合の悪い真実がどんどんと明かされていった。

フランソワーズを追い出すために令嬢たちに話を合わせるように言っていたこと。

セドリックにもマドレーヌが宝玉を壊す力はないことをバラされてしまう。

あんなにもマドレーヌを愛していたはずのセドリックが裏切ったのだ。

ここから出たらマドレーヌは間違いなく肩身の狭い思いをしなければならない。

それがわかっているからこの部屋から出られないのだ。

ベルナール公爵の扉を叩く音はどんどんと強くなっていく。マドレーヌは耳を塞いでいた。

「──マドレーヌ、マドレーヌッ！　お前はなんてことをしたんだ」

「マドレーヌッ、早く部屋から出て自分の役目を果たしなさいっ！」

「嘘をつくなんて許されることではないぞ！　早く部屋から出てこいっ」

マドレーヌがいない間、代わりに王妃がつきっきりで宝玉に祈りを捧げていると聞いたが苛立ちしか感じない。

今まではフランソワーズが一人でやっていた仕事だが、本来は王妃だってやらなければいけないことだ。

それを棚に上げて、マドレーヌにすべてを押しつけようとしていることが信じられなかった。

他の令嬢たちも次々に城に呼ばれていると聞いて震えていた。

(本来の形に戻っただけだわ。どうしてわたしがこんな風に責められないといけないの⁉　わたしは何も悪くないのにっ)

もうマドレーヌの知っている物語とは違う道に進み始めている。

このままどうしたらいいのか、今のマドレーヌにわかるはずもない。

(もうこんなの無理よ……!　夢なら醒めてっ)

シュバリタリア国王やベルナール公爵の説得にも耳を貸さずにいたのだが、パーティーから二週間経ってついに限界が訪れたらしい。

マドレーヌに優しかったベルナール公爵たちは『宝玉を浄化してこい!』と怒鳴り声を上げるようになった。

扉を叩く音が朝から晩まで聞こえていて、どうにかなってしまいそうだった。マドレーヌの味方をする者など一人もいない。

あんなにマドレーヌに愛を囁いてくれていたセドリックも宝玉を理由にマドレーヌに全責任を擦り付けようとしている。

そしてついにマドレーヌの部屋の扉が蹴破られた。

ベッドでシーツに包まっていたマドレーヌは大きく肩を揺らす。

「――マドレーヌ、いい加減にしろ!」

「ヒッ……!」

父は血走った目でこちらに向かってくる。その顔は恐ろしく、マドレーヌは喉奥から引き攣《つ》った声が出た。

父の背後にはこちらを睨みつける騎士たちの姿。

マドレーヌはシーツを頭に被せて抵抗しようとするが、ボサボサの髪を掴まれて頭を引き上げられてしまう。

「キャアアァァッ！　やめてぇ……！」

マドレーヌはベルナール公爵に引き摺られるようにして部屋に出される。

公爵夫人に助けを求めようとしても、冷たい視線を送られるだけ。

そのまま身なりも整えることなく、無理やり城まで連れていかれてしまう。

宝玉の間に行くまでに、マドレーヌに向けられる殺意が込められた視線。

案内された部屋の中には怒りに顔を真っ赤にしたシュバリタリア国王と顔面蒼白なセドリックの姿。

そこで告げられたのは信じられない言葉だった。

「宝玉を壊せるのだと嘘を言いおって……！　許されることではないぞっ」

「わ、わたしは……っ！」

「お前は反逆者だ。大罪人だっ！　死ぬのが嫌なら今すぐ宝玉を浄化してこい！　今すぐだっ」

シュバリタリア国王は唾を飛ばしながら叫んでいる。

「……なっ！　わたしのせいじゃ……」

「王家を謀り、国を危険な目に陥れた罪を償え！」

マドレーヌは反論も許されないまま一方的に罪人にされてしまった。

嘘をついていたこともバレたマドレーヌは、その罰として死ぬまで宝玉に祈りを捧げることを命じられる。

(死ぬまでここにいるなんて信じられない……っ！　そんなことできるわけないでしょう⁉)

フランソワーズがいなくなりマドレーヌが一週間、宝玉を浄化できなかった。

ベルナール公爵邸に閉じこもっている数日の間、誰も悪魔の宝玉に祈りを捧げていなかったそうだ。

マドレーヌがいないと伝達がうまくいかなかったことや『宝玉を壊せるほどに強い力を持っている』という、マドレーヌとセドリックの言葉を信じて待っていたこともあり、誰も宝玉に祈りを捧げない日が三日ほど続いたことでやっと異変に気づいたらしい。

結局、マドレーヌが来ることなく王妃が異変を感じて宝玉の間を訪れた時には禍々しい気配が充満して半分ほど宝玉は黒く染まっていたそうだ。

シュバリタリア国王の隣に立っているセドリックに視線を向けてもマドレーヌを助けることはない。仄暗《ほのぐら》い表情で「俺は悪くない」と、ブツブツと呟いている。目の下は深いクマがあり、顔色も悪い。

ベルナール公爵たちもマドレーヌをあっさりと見捨てたそうだ。

マドレーヌが知らない間に、物語は壊れてしまった。

(なんでわたしだけこんな目に遭うのよっ……！)

宝玉の間に投げ込まれるようにして、閉じこめられたマドレーヌはひたすら扉を叩いていた。

マドレーヌが振り返ると、そこには王妃や複数の令嬢たちの姿があった。

フランソワーズを追い出した時に、マドレーヌに協力して嘘をついた令嬢たちだ。

彼女たちが嘘をついたことで罰を受けているらしい。涙目でこちらを睨みつけながらフランソワーズに暴言を吐いてくる。

彼女たちが囲んで祈りを捧げている悪魔の宝玉は半分以上、真っ黒に染まっている。

あまりの禍々しさにマドレーヌは「ヒッ……！」と、悲鳴を上げた。

王妃はフラリと立ち上がると、こちらに駆け寄ってくる。

その顔は怒りに歪んでおり、まるで逃さないと言わんばかりにマドレーヌの肩を掴んだ。

「──すべてあなたのせいよ！」

爪が肩の皮膚に食い込んで痛みからマドレーヌは叫んだ。

「責任を取りなさいっ！　今すぐにっ」

「い、痛い、離して！　離してよっ」

げっそりとした王妃の頬はこけて、以前の面影がないほどにひどくやつれていた。

血走った目は見開かれており、殺意のこもった視線は恐ろしい。

マドレーヌがいくら抵抗しても王妃の手は離れない。

「今すぐに宝玉を浄化しなさいっ！　でなければお前をわたくしの手で処刑してやる……！」

「……嫌っ！」

どこにそんな力があるのか。

マドレーヌは王妃に髪の毛を鷲掴みにされて、引き摺られるように宝玉の前へ。

マドレーヌは頭の痛みに泣き喚いていたが、誰も助ける者はいない。

「この役立たず！　フランソワーズを返してちょうだい。フランソワーズさえいればこんなことにならなかったのに！」

「……っ！」

フランソワーズと比べられたことでマドレーヌは愕然としていた。

他の聖女たちは休憩のために部屋から出て行くようだ。

彼女たちにも一方的に聞くに耐えない暴言を吐きかけられて、マドレーヌは驚いて言葉が出なかった。

王妃もマドレーヌを汚いものを見る目で見た後に出て行ってしまった。

重苦しい空気の中、鍵が閉まる音が聞こえてマドレーヌは宝玉がある部屋に閉じ込められてしまう。

こんなところで一生過ごすなんて考えられない。次第に怒りがマドレーヌの頭を支配していった。


次の日も代わる代わる入ってくる令嬢たちと一緒に、徐々に黒く染まる宝玉の力を抑えていた。

回復したのか王妃も宝玉を抑えるために部屋に入る。

そこで衝撃的なことを聞かされることになった。

王妃は皆を集めて真剣な表情でこう言った。

「今、隣国のフェーブル王国にいるフランソワーズを取り戻すために動いているわ」

それを聞いた令嬢たちの表情がパッと明るくなった。

ここ数年、悪魔の宝玉はフランソワーズに頼りきりだったが、彼女がいなくなったことで負担は重くのしかかっていた。

王妃も自由になり、シュバリタリア国王もそれを許容していた。

フランソワーズに任せきりでも何も言わなかったから見て見ぬフリを続けていたのだ。

解放されたい……そんな思いが透けて見える。

しかし、マドレーヌはフランソワーズが何故フェーブル王国にいるのか気になって仕方なかった。

それは他の令嬢たちも同じようだ。

「ですが、どうしてフェーブル王国にフランソワーズ様がいるのかしら？」

「フランソワーズ様は帰ってきてくださるのですかっ⁉」

「…………そ、それは」

王妃は令嬢たちからそう問われて顔を伏せてしまう。その反応を見て何となく状況を察したらしい。

令嬢たちはマドレーヌのせいだと言わんばかりに再びこちらを睨みつける。

自分から国を出て行って、どこかで野垂れ死んだと思っていたフランソワーズが生きている。

そして次巻の舞台であるフェーブル王国にいるという事実に驚くばかりだ。

(フェーブル王国にいるって……どうして？)

フェーブル王国の王太子、ステファンと王女のオリーヴは悪魔の呪いに長年苦しみ続けていた。

その呪いが体を蝕み、オリーヴが亡くなってしまったことでステファンは悪魔に乗っ取られてしまう。

そこからステファンの暴走が始まり国は大混乱。

彼は悪魔を抑えるために自らを鍛えており、圧倒的な強さで周囲を薙ぎ倒していく。彼に敵うものは誰もいない。

その影響はシュバリタリア王国にまで及んでしまう。

シュバリタリア国王は昔、フェーブル国王から悪魔のことで相談を受けた際に断ったことがあり責任を感じていた。

その憂いを晴らすため、そしてシュバリタリア王国を守るためにセドリックと共にフェーブル王国へ向かうのだ。

「フェーブル王国ではフランソワーズは英雄らしいわ。悪魔を祓って国民や貴族たちを助けていたらしいの……嘘をついて最悪の事態を招いた犯罪者のあなたとは大違いね、マドレーヌ」

「……ッ！」

今のマドレーヌには王妃の嫌味に言い返せない。唇を噛んで耐えることしかできなかった。

「フランソワーズは聖女としてフェーブル王国の役に立っているそうよ。今は王家にとても大切にされて城で暮らしているわ」

「…………え？」

「噂ではステファン殿下に結婚を申し込まれているとか……」

マドレーヌは王妃の話を聞いて震えていた。

自分がこんなにも苦しんでいるというのに、フランソワーズが幸せに暮らしていることが許せない。

（そんな……フランソワーズが王家に大切にされて、城で暮らしてるって何？）

どうやら城の門番が、フランソワーズを抱えて馬車に乗るステファンを目撃したそうだ。

フランソワーズとステファンにどんなやり取りがあったのかはわからない。

門番はフランソワーズは抵抗しており、自分からフェーブル王国に行こうとしているようには見えなかったという。

（フランソワーズは物語は知らないはずでしょう？　それなのにフェーブル王国の王太子、ステファン殿下とオリーヴ王女を救ったんだわ……！）

物語が大きく変わっている。フランソワーズは隣国で地位を築いたようだ。

それにフランソワーズはステファンに憑いていた悪魔を聖女の力で祓ったのだろう。

なのに、マドレーヌは今まで見下していた令嬢たちに馬鹿にされている現状。

（フェーブル王国にいた悪魔は宝玉の中にいる悪魔よりは弱かったはず……！　わたしが浄化できていたらこんな思いをしなかったのにっ）

ステファンは悪魔に乗っ取られることなく、オリーヴも生きているということなのだ。

（あの女……勝手なことばかりして。なんでっ、なんでわたしよりも幸せを掴んでいるのよ！　最初からそれが狙いだったの？）

マドレーヌもこんな国なんてさっさと捨てて、フェーブル王国に行きたいと強く思うようになった。

カサついた唇が弧を描く。マドレーヌはその瞬間、聖女の力を使って宝玉に祈ることをやめた。

正確には祈っているフリをして、これからのことを考えていた。

もうこうなってしまえば、今のマドレーヌに悪魔の宝玉を止めることはできないだろう。

（逆に宝玉を真っ黒にして、この国から出ていくチャンスを作ればいいのよ。たしか物語のフランソワーズは怒りや憎しみをぶつけて宝玉を黒く染めていたのよね……フフッ、わたしもそうしてやるわ）

この国に見切りをつけてフェーブル王国に行く……それしかマドレーヌが幸せになる道はないと思った。

そしてまたフランソワーズがいる場所を奪ってしまえばいい。

セドリックはすぐにマドレーヌを好きになった。ステファンだってそうなるに違いない。

今すぐに逃げ出したいが、マドレーヌはどうせここから出られない。

夜中、令嬢や王妃が休んでいる時に悪魔の宝玉に向かってひたすら怒りや憎しみをぶつけていく。

マドレーヌの思惑どおり、面白いくらいに宝玉は黒く染まっていった。

（わたしがこの物語のヒロインなの……今度こそフェーブル王国で幸せになってやるわ！）

＊　＊　＊

ステファンと街に買い物に行った後、疲労感にフランソワーズは馬車の中で彼に寄りかかったまま眠ってしまったようだ。

（とてもいい夢を見た気がするわ）

フランソワーズは目が覚めた後、暫くぼんやりとしていた。

乱れた髪を直すために髪を耳にかけようとすると、右手にキラリと光るものに気がついてハッとする。

（これは……指輪？）

先ほど買った髪飾りと同じ宝石がついた指輪が、フランソワーズの右手の薬指にはめられている。

まだ寝ぼけていたフランソワーズが、その指輪に見惚れているとステファンから声が聞こえて顔を上げた。

「フランソワーズ、目が覚めたんだね。その指輪、気に入ってくれたかな？」

「この指輪は……ステファン殿下がつけてくださったのですか？」

「僕からフランソワーズにプレゼントだよ」

フランソワーズはもう一度、ステファンがプレゼントしてくれた指輪を見た。

右手の薬指に指輪がはめられているのにも、ステファンなりの気遣いを感じる。

この指輪にはステファンの気持ちがこもっているような気がした。

「ありがとうございます、ステファン殿下」

「そう言ってもらえてよかったよ」

「嬉しい……大切にしますから」

ギュッと右手を握ったフランソワーズは顔を上げてから笑みを浮かべた。

ステファンも優しい笑みを返す。

フランソワーズはステファンからのエスコートを受けて馬車から降りた。

繋いだ手から伝わる熱。フランソワーズの心の中は幸せに満たされていた。

（こんな幸せな日々が、ずっと続いたらいいのに……）

フランソワーズがそう思っていた時だった。

門番に止められている一人の青年の姿があった。

激しく抵抗しているせいでブラウンの髪が激しく揺れている。

どこかで見たことがあるようなシルエットに、フランソワーズは首を傾げた。

顔が露わになる前に、珍しく険しい顔をしたステファンがフランソワーズの腕を引く。

そのまま抱きしめられるようにして視界を塞がれてしまった。

フランソワーズがどうしたのかとステファンに問いかけようとした瞬間に、信じられない言葉が耳に届く。

「――今すぐフランソワーズを返してくれッ！」

「……っ！」

「シュバリタリア王国には彼女が必要なんだ！　フランソワーズ、ここにいるんだろう⁉　出てきてくれっ」

フランソワーズを呼ぶ荒々しい声は聞き覚えのあるものだ。

門番に押し返されたことで尻もちをついた青年の顔が見える。

（セドリック殿下がどうしてこんなところに……？）

フェーブル王国にセドリックがいる理由がフランソワーズには理解できなかった。

彼はマドレーヌとシュバリタリア王国で幸せに暮らしていると思っていたからだ。

フランソワーズは自らを落ち着かせながら、ステファンに視線を送る。

「ステファン殿下は……何か知っているのですか？」

フランソワーズの言葉にステファンは答えることはない。けれどこれ以上は隠しきれないと思ったのだろう。

ゆっくりとフランソワーズを抱いていた腕を離す。

やはり目の前にいるのは間違いなくセドリックだった。

フランソワーズは唖然としつつ、セドリックを見つめていた。

「俺が誰だかわかっているだろう!? フランソワーズ、出てきてくれ!」

こちらに気づいていないセドリックはフランソワーズの名前を呼び続けている。

無理やり押し入ろうとしたセドリックだが門番に阻まれてフラリとよろめいてしまう。

そのまま尻もちをついた時に痛みがあったのか彼が振り返る。

そこでフランソワーズに気がついたのだろう。

紫色の瞳と目が合った瞬間、大きく目が見開いて何かを言いたげに唇が開いた。

セドリックはすぐに起き上がりフランソワーズを求めるように腕を伸ばして、こちらに走ってくる。

しかしステファンの指示ですぐに門番に押さえられてしまう。

必死に抵抗しているセドリックを見て、フランソワーズは無意識に一歩、また一歩と後ろに下がっていく。

暴言を吐きながらもがく姿は一国の王太子だとは思えない。

門番たちもセドリックを傷つけるわけにはいかず、戸惑っているように見えた。

「フランソワーズ、フランソワーズッ! 俺だ、セドリックだっ」

「……ッ」

「今すぐに口を塞げ」

冷たいステファンの声が上から聞こえた。

鋭くセドリックを睨みつけるステファンは、先ほどとはまるで別人のようだ。

背筋がゾクリとするような低い声に驚いてしまう。

(ステファン殿下がこんなに怒るなんて……)

だが、セドリックは引くつもりはないようだ。

「やめろっ！　俺はシュバリタリア王国の王太子だぞ⁉　無礼者っ、今すぐにその手を離せ」

門番に止められて、ステファンに不法侵入者扱いをされているということは正式な許可を得ていないのだろう。

フランソワーズが戸惑っていると、セドリックが暴れながらも声を張り上げた。

「シュバリタリア王国のことは聞いているんだろう？　お前は母国を助けようとは思わないのか⁉」

「え……？」

「シュバリタリア王国に戻ってきてくれ！　フランソワーズ、頼むっ」

護衛騎士たちに必死に抵抗しながらも、言い放ったセドリックの言葉にフランソワーズは目を見開いた。

母国を助ける、その言葉の意味がわからなかったからだ。

「お前が聖女としての役割を放棄したせいで宝玉が黒く染まり、もうすぐ悪魔が解放されてしまうんだっ！」

「……！」

「フェーブル王国だって必ず影響を受けるはずだ。このままでは何もかも失うことになるんだぞっ⁉」

悪魔が解放されるということはマドレーヌがキチンと宝玉を浄化できなかったのではないだろうか。

突然、聞かされるシュバリタリア王国の事情にフランソワーズは戸惑っていた。

「フランソワーズ、聞かなくていいよ。不法侵入者を今すぐにシュバリタリア王国に送り返せ」

「この国も危険になるんだぞ⁉　さっさとフランソワーズを渡せよ！　このままだと手遅れに……っ！」

ステファンが後ろからフランソワーズの耳をそっと塞いだ。

「ごめんね、フランソワーズ」

彼の弱々しい声が聞こえたフランソワーズは顔を上げる。

ステファンの悔しそうな表情が目に入り驚いてしまう。

フランソワーズの耳は塞がっているが、多少の音は入ってくる。

セドリックは今、シュバリタリア王国が危機的状況にあり今にも宝玉が黒く染まることを必死に伝えているようだった。

やがてセドリックの声がまったく聞こえなくなる。

セドリックは現れた護衛たちによって引き摺られていくのが遠目に見えた。

するとゆっくりとステファンの手のひらが離れた。このまま何も聞かなかったことにはできない。

フランソワーズは震える声で問いかける。

「ステファン殿下……いつからですか？」

「……」

「詳しく説明してください！　今、シュバリタリア王国がどうなっているのかっ」

フランソワーズの問いかけに眉を寄せながら暫く黙っていたステファンは、固く閉ざされた唇を開いた。

「二週間前、シュバリタリア王国から〝フランソワーズを返せ〟と手紙が送られてくるようになったんだ」

「返せって……どういうことですか？」

ステファンはシュバリタリア王国が危機的状況にあることや、フランソワーズを返してほしいと抗議の手紙がフェーブル王家宛てに届いていることを話してくれた。

「君の気を揉ませるようなことはしたくなかった。あの国はフランソワーズを傷つけてばかりだ」

「……ステファン殿下」

「フランソワーズには苦しんだ分、笑顔でいてほしい。二度と苦しんでほしくないんだよ」

ステファンのフランソワーズを想う気持ちが痛いほど伝わってきた。

だがフランソワーズはシュバリタリア王国の悪魔の宝玉のことが頭から離れない。

宝玉が黒く染まってしまえば、何が起こってしまうのか物語を読んで知っているからだ。

（このままだと被害を受けるのは、シュバリタリア王国だけじゃないわ。隣国のフェーブル王国にも影響があるはず……！）

それを抑えられるのがマドレーヌのはずだった。

聖女として宝玉を抑えることに自信があったように見えたマドレーヌだったが、聖女としてはうまくいかなかったのだろうか。

何があったのか詳しくはわからないが、聖女としてマドレーヌの力が足りなかったことだけは確かだ。

それにフランソワーズを冤罪で追放したこともバレてしまい、責任を取るような形でセドリックがここにいるのなら辻褄《つじつま》があう。

こんな短期間に宝玉が黒く汚れているということは……と、考えてある答えに辿りつく。

まさか物語のフランソワーズのように宝玉を穢しているのではないか。

そうすればシュバリタリア王国がいきなり窮地に陥ったことも納得できる。

フランソワーズはギュッと手のひらを握った。

（フェーブル王国を守るためにも、どうにかしないと……！）

フランソワーズの表情を見てステファンは何かを悟ったのだろう。

声を上げる前にステファンはフランソワーズの体を引き止めるように抱きしめた。

「ステファン殿下……！」

「フランソワーズ、どうするつもりだ？」

ステファンの背に触れて離すように訴えかけても手を離してはくれない。

固く握られた手のひらは微かに震えているような気がした。

フランソワーズは自らを落ち着かせるように大きく息を吸ってから吐き出した。

そして彼にあることを伝えるために口を開く。

「ステファン殿下……わたくしはシュバリタリア王国に行かなければいけません」

「……っ！」

ステファンのフランソワーズを抱きしめる力が強まった。

シュバリタリア王国に行かせたくない……何も言わなくてもそう伝わるような気がした。

(だけど、わたくしが行かないと……セドリック殿下の言うとおり悪魔が解放されたらフェーブル王国だってどんな影響があるかわからないもの！)

フランソワーズは、腕を上げて先ほどステファンが右の薬指にはめてくれた指輪に手を伸ばす。

それから反対側の手でゆっくりと指輪を外していく。

指輪を外したことに驚いたステファンの青い瞳が大きく揺れ動く。

「フランソワーズ……？」

不安そうな彼の声が聞こえた。

ステファンから体を離したフランソワーズは指輪を持ち変えてから左手の薬指に指輪をはめ直す。

フランソワーズはステファンを安心させるように笑みを浮かべてから顔を上げた。

「わたくしはフェーブル王国やステファン殿下のために行かなければなりません」

「……！」

フランソワーズの行動と言葉にステファンは目を大きく見開いている。

このタイミングしかないとフランソワーズは悪魔の宝玉について説明する。

宝玉に封じられている悪魔がどう影響を及ぼすのかも。

それを守るために聖女たちは力を使うのだ。

ステファンは驚くかと思いきや納得した様子を見せた。今まで疑問に思っていた部分が繋がったそうだ。

「このまま放っておくと間違いなく、シュバリタリア王国だけではなく、フェーブル王国にまで影響を及ぼしてしまいます」

「……！」

「わたくしはフェーブル王国を守りたいのです！」

ステファンはフランソワーズの気持ちを理解してくれたのだろう。

シュバリタリア王国やセドリックのために戻るわけではない。

フェーブル王国を守るためにシュバリタリア王国に行くのだ。

フランソワーズが彼に訴えかけるように見つめていると、ステファンは俯いた後に小さく頷いた。

そしてフランソワーズの左手を握りながら返事を返す。

「僕もフランソワーズと共に行くよ」

「え……？」

「君を守ると決めたんだ」

ステファンは力強い声でそう言った。

フランソワーズの手を取ると、そっと左手の薬指に口付ける。

シュバリタリア王国に行くまでに、彼がいてくれたら心強いと思った。

「それに……シュバリタリア王国に大切な君を返してもらえなかったら困るだろう？」

「……！」

「その時は無理やりにでもフランソワーズを連れ帰るよ……何があってもね」

ステファンはいつものように笑みを浮かべてはいるが、どこか恐怖を感じるのは気のせいだろうか。

彼の圧に押されながらもフランソワーズは何度も頷いた。

「わたくしもフェーブル王国に戻りたいと思ってますから安心してください」

「……！」

「ステファン殿下の隣がわたくしの居場所ですから」

ステファンはフランソワーズをもう一度抱きしめた。


フランソワーズはステファンと共に、フェーブル国王にシュバリタリア王国に行くことを報告しに向かった。

初めは驚いていたフェーブル国王だったが、フランソワーズが悪魔の宝玉について説明すると真剣な表情に変わる。

それが解き放たれてしまえば、他の国にも影響を及ぼすことになることを伝えた。

「何故そんな重要なことを黙っていたのか。シュバリタリア国王め……！　聖女のことについてもそういうことだったか」

ステファンに説明を受けたフェーブル国王は厳しい表情でそう言った。

「力の強い聖女は外に出せない……それにはこのような理由があったようです。そして今回、あの国で聖女として力を持つフランソワーズを追放したことでバランスが崩れたのでしょう」

「もしそれが真実ならば由々《ゆゆ》しき事態だ。我が国の国民たちを守るために動こう。まずは今すぐにシュバリタリア国王に早馬を送る。状況を把握せねばならぬ……！」

「…………はい」

冷静な判断ではあるが、今すぐにシュバリタリア王国に向かいたいフランソワーズにとっては歯痒いものだ。

しかしシュバリタリア王国に向かう際にはフェーブル国王の助けを借りなければならない。不安からか胸元で手を握る。

ステファンはフランソワーズの心情を察しているのだろうか。フランソワーズの肩に手を置いてから頷いた。

「もし手遅れになったら困ります。父上、早く動きましょう」

「ああ、返事が来たらステファン、騎士たちを連れてシュバリタリア王国へと向かえ。必要なものがあれば用意しよう。準備は整えておいてくれ」

「わかりました」

フェーブル国王の心強い言葉にフランソワーズは感謝していた。

物語ではマドレーヌが壊した悪魔の宝玉。

この宝玉が黒く染まれば恐ろしいことが起こる。

シュバリタリア王国だけでなく、周辺の国々まで被害が及ぶことは間違いない。

フランソワーズにとってフェーブル王国はとても大切な国だ。だからこそ、この場所を守りたいと強く思う。

(わたくしの力がどこまで通じるかわからない……でも、やるしかないのよ)

フェーブル国王は早馬を出してフランソワーズとステファンがシュバリタリア王国に向かうことが伝えられた。

その手紙には、あくまでもフェーブル王国のためだということ。

フランソワーズを無事にフェーブル王国に返す等の約束が守られなければ、シュバリタリア王国に対して軍事行使を行い容赦なく潰していく姿勢だということが伝えられた。


セドリックを送り返してから、一週間ほどの月日が流れた。

なかなか早馬が返ってこないことを不思議に思っていた。

(何かあったのかしら……普段ならば三日もあれば帰ってくると言っていたけど)

フランソワーズは不安から城から門を眺めていた。

すると傷だらけの騎士が馬に乗り現れたのだ。

ステファンに知らせたフランソワーズは慌てて門へと向かう。

シュバリタリア王国から早馬を届けるために遣わされた騎士は全身傷だらけになっていた。

やっと国まで戻ることができたと安堵しながら涙していた。

何があったのかとステファンが問いかけるが「恐ろしいことがぁ……！」と、震えながら怯えており、答えられる状況ではないようだ。

手当てをするために城の医務室に運ばれたが、震えながら「シュバリタリア王国はもう終わりだ」と、怯えた声がフランソワーズの耳に届く。

その後も状況を聞こうとするものの、ガタガタと震えながら首を横に振るだけだった。

ところどころが土で汚れたシワだらけの白い封筒にはシュバリタリア王国の王家の家紋の蝋印があった。

フェーブル国王が中を開くと、紙には涙が滲んでいた。

『約束は必ず守る。なんでもするから助けてくれ！』

そんな悲痛な叫びが書かれていた。

どうやらシュバリタリア王国はフランソワーズが想像しているよりも、ずっとひどい状況にあるようだ。

フランソワーズはステファン、イザークとノアと共にすぐにシュバリタリア王国へと向かうことになった。

その後ろからはフェーブル国王が騎士たちが数十人ほどズラリと列をなしている。

そんな時オリーヴと彼女の婚約者、アダンと見送りに来てくれた。

「フランソワーズ、絶対に帰ってきてね」

「えぇ、もちろんよ」

オリーヴは泣きそうになりながらも、フランソワーズを抱きしめた。

「必ずフェーブル王国に戻ってくるわ」

自分に言い聞かせるようにして答えた。

城を出発して急いでシュバリタリア王国に向かう。

シュバリタリア王国の国境が近づけば近づくほど、不気味な黒い雲が広がり空は暗くなっていく。

国境を越えると辺境の街は見るも無惨に荒れ果てていた。

建物は壊れて、そこら中から煙が立ち昇っている。まるで戦地のような光景だ。

辺りに人はおらず不気味なほどに静まり返っていた。

(どうしてこんなひどいことに……?)

フランソワーズが婚約破棄をされて、フェーブル王国に向かおうとステファンと共に移動していた際に立ち寄った街も今は見る影もない。まるで別の場所のようだ。

ずっと移動続きだったため、この辺りで一休みしようとステファンから提案を受ける。

もうすぐ日が落ちてしまうし、異様に肌寒い。

フランソワーズが頷いて空を見上げると、そこには赤い月が浮かんでいた。

怪しい赤い光はよくないものだとハッキリとわかる。

フランソワーズが嫌な予感がしていると、フェーブル王国からついてきた騎士たちに異変が起こった。

「うわぁあぁ、助けてくれ！」

「今すぐにやめろ……！　離せっ」

遠くから聞こえる助けを求める声を聞いてイザークが立ち上がる。

「……どうしたんだ？」

「騎士たちに何かあったのでしょうか。すぐに確認して参ります」

ステファンの問いかけにノアが答えた。

隣にいるフランソワーズも不安になり眉を寄せる。

だが混乱するような声は収まるどころか、どんどんと大きくなっていく。

ステファンやノア、イザークと共に様子を見に行くことにした。

するとそこには衝撃の景色が広がっていた。

なんと数人の騎士たちが剣を振り回して暴れ回ったのだ。

騎士たちも仲間を傷つけないようにと応戦しながらイザークたちが「目を覚ませ！」と、声を張り上げる。

彼らは何かに操られているようで、まるで声が届いていないようだった。

目の焦点が合っていない騎士たちはブツブツと呟きながら、乱暴に剣を振り回している。

「おい、やめるんだ！」

ノアが暴れる騎士を羽交い締めにして彼らを押さえるが「ガアアァ」と、獣のような声を出して、強い力で暴走しているため苦しそうだ。

フランソワーズはその様子を見てあることを思いつく。

「わたくしに任せてください！」

「フランソワーズ、危険だ……！」

「大丈夫です」

フランソワーズはノアが押さえていた暴れる騎士たちの前へと向かう。

手を合わせ祈りを捧げると、あんなに暴れていた騎士たちの動きが鈍くなり徐々に瞼が閉じていった。

十分ほど祈りを捧げると騎士は完全に意識を失った。

その間にノアとイザークは暴れていた騎士たちの手足を縛り上げる。

「一体、何があったんだ？　普段は温厚な奴なのに……」

暴れた騎士に斬られたのだろうか。

頬に浅い傷がある騎士が呟くように言った。

ステファンたちも何が起こったのか、わからないといった様子だ。

だけどフランソワーズにはなんとなくわかっていた。

「ステファン殿下、騎士たちは悪魔の影響を受けているのだと思います」

「なんだと？」

「恐らくこの街の人たちも先ほどの騎士たちのように破壊行動を繰り返したのではないでしょうか」

「なるほど。フランソワーズの力で抑えられたことも含めて納得できるね」

「…………はい」

こうして話し合っている間にも暴れる騎士が一人、二人と増えてしまい、同じように破壊行動を繰り返す。

ノアとイザークも息苦しさを感じているらしい。

（悪魔の宝玉のせいでこんな風に影響が出てしまうのね。フェーブル王国もこうなってしまうの？）

今のところまったく影響を受けていないのは、ステファンとフランソワーズだけだ。

他の騎士たちも荒く息を吐き出して額は汗ばんでいる。意識を保っているのがやっとだそうだ。

少しでも楽になるようにフランソワーズはノアとイザークの胸元に手を当てて力を使う。

すると呼吸が楽になったのか二人の顔色がよくなっていく。

暴れ出した騎士たちにも同じように力を使い、意識を保っている人たちにも祈りを捧げると体が楽になるようだ。

ステファンが力を使い続けるフランソワーズを気遣うように声をかける。

「フランソワーズ、大丈夫かい？」

「わたくしは大丈夫です。ステファン殿下にも影響はないようですが……」

「ああ、僕はずっとこの状態で過ごしていたから、この程度だったら特には何も感じないよ」

「……！」

ステファンは悪魔の呪いに長年苦しんでいた。そして破壊衝動に悩まされていたのも一致する。

つまり精神が耐えられなければ悪魔に乗っ取られて暴れ出してしまうのかもしれない。

騎士たちやここに住んでいた街の人たちも同じだろう。

悪魔の宝玉の影響で破壊衝動に逆らえず、攻撃性が増して暴れ回っているようだ。

「ステファン殿下の精神力の高さに今更ながら驚かされます」

「フランソワーズが救ってくれなければ、僕もこうなっていたかと思うと恐ろしいよ」

ステファンは縛られて意識を失っている騎士たちを見て眉を寄せた。

「このままではフランソワーズが消耗してしまう。騎士たちには国に帰ってもらおう。すぐに辺境にいる民たちを避難させてくれ。それと父上にこの状況を報告するんだ」

ステファンは的確に指示を出していく。騎士たちに暴れられては押さえるのも大変だ。

フランソワーズもこれだけの人数に力を使うとなると王都につくまでには力が尽きてしまう。

ステファンと話し合った結果、護衛の騎士たちには国に戻ってもらい少人数で移動することにした。

フランソワーズは暴れ出した者たちは教会に運ぶように頼む。

「皆、気をつけて帰るように。もし途中で暴れる者が現れたらフランソワーズの指示どおり教会に運んでくれ」

まだ正気を保っている騎士たちは頷いた。最後までついていけないことを悔しく思っているのか皆、険しい表情だ。

ここにいるだけでつらいのか額に汗を浮かべている。

このままだと自分たちも迷惑をかけてしまうことがわかっていたからだろう。

騎士たちは大人しくフェーブル王国に引き返すこととなった。

残ったのはノアとイザーク、ステファンとフランソワーズだけだ。

「ノア、イザーク……大丈夫か？」

「はい。フランソワーズ様がお力を使ってくださったおかげで体が楽になりました」

「私も大丈夫です」

イザークとノアは汗を拭いながらそう言った。

二人にフェーブル王国に帰るように勧めたステファンだったが『必ず悪魔に打ち勝ってみせます。迷惑をかけるようなら縛って捨て置いてください』『ステファン殿下には負けていられません。お二人をお守りいたします』と、心強い言葉をくれた。


フランソワーズたちは教会に立ち寄りながら過ごしていた。

建物が壊れている中、教会だけは綺麗な状態で残っていたからだ。

正気を失って暴れている人たちも教会には近づけない。

教会の中に逃げ込んだ人たちは無事だったようだ。

皆、怯えながら身を寄せ合って過ごしている。

彼らに食事と寝る場所を提供してもらいながら王都を目指した。

恐怖に震える人たちを見て、フランソワーズの心は大きく揺さぶられた。

物語でフランソワーズが宝玉を穢そうとした時はここまで大きな影響は出ていなかった。

黒く染まる前に未然に気づいて防げたことも大きいのだろうが、今はそれよりもひどいのだろうか。

王都に近づくにつれて明らかに悪化しているように思えた。

（急がないと……時間はあまりないみたいね）

時折、イザークやノアに祈りを捧げつつ意識が保てるようにする。

ステファンやイザーク、ノアが暴れる人たちを押さえてくれたおかげで無事に街を抜けることができている。

王都に近づくにつれて人も増えて対処も大変になった。

全員を相手にするわけにもいかず、隠れつつ移動していく。

暴徒化した街の人たちは傷つけることなく、意識を失わせてくれた。

四人で馬に乗り、街から街へと移動していく。

フランソワーズだけだったら、シュバリタリア王国の王都まで辿り着くことは不可能だったかもしれない。


――フェーブル王国を出て五日後。

随分と時間はかかってしまったが、なんとか王都を抜けて城へと到着した。

空には不自然な暗雲が垂れ込めていた。

フランソワーズはステファンの手を借りて馬から降り、門をくぐり城の中へ入る。

床には倒れて意識を失っている人たちがたくさんいた。

赤い絨毯の上にはガラスの破片が散らばり、窓は割れて生暖かい風が吹き込んでくる。

城の壁もところどころヒビが入っていて今にも崩れ落ちそうになっていた。

城は崩壊寸前だった。フランソワーズは変わり果てた城を見て絶句していた。

破れた赤い絨毯の先、シュバリタリア国王が傷だらけで立ち尽くしている姿が見える。

王妃は項垂れるようにして座り込んでいたがフランソワーズと目が合った瞬間、助けてと泣き叫びながらこちらに駆け寄ってきた。

それを見たステファンやイザーク、ノアが剣を向けて彼らを制す。

二人は剣を見て引き攣った声を出して足を止めた。

ステファンはシュバリタリア王国を救う条件やフランソワーズのことについて確認しているようだ。

シュバリタリア国王と王妃は手を合わせて何度も頷いている。

そして二人の後ろからセドリックが現れた。

フランソワーズを見て目を見開きながら嬉しそうにしているではないか。

「フランソワーズ……俺のために来てくれたのかっ！」

その言葉に鳥肌が立つ。

フランソワーズが一歩、後ろに下がるとステファンがセドリックに剣を向けた。

「ヒッ……！」

「これ以上、フランソワーズに近づくな。斬るぞ？」

隣から地を這うような低い声が聞こえた。ステファンがセドリックの首に剣先を突きつける。

恐怖からかペタリとその場に座り込んだセドリックは震えながら頭を抱えていた。

地面に額を擦り付けながら「助けてくれ、お願いだ」と壊れた機械のように繰り返す。

自分の行いを心から反省しているようにも見えるが、保身のためなのだろう。

倒れている人たちを足蹴《あしげ》にして気にしていないことがその証拠だ。三人の精神状態はとても悪いように見える。

フランソワーズと同じように王妃が二人に力を使い正気を保っているようだ。

だが、それもギリギリのように思えた。

王妃は乾いた唇を開いて掠れた声で現状を説明しはじめた。

今はなんと宝玉がある部屋にはマドレーヌがいて、王妃たちは部屋から締め出されてしまったそうだ。そのまま中に入れずにいるらしい。

宝玉を浄化するための祈りも捧げられずになす術はないのだと語った。

「マドレーヌは宝玉を聖女の力で浄化するのではなく、逆に穢しているんだわ。わたくしたちは部屋に入れない。何もできないの……宝玉の間には入れないのよ！」

「他の聖女たちはどうしているのですか？」

「……彼女たちは逃げたわ。もうわたくしたちには何もできない。手遅れなのよ！」

王妃は限界が訪れたのだろうか。号泣して話ができない状態になってしまう。

フランソワーズは何もせずに蹲《うずくま》る三人の隣を通り過ぎて、宝玉が置かれている場所まで歩き出す。

城には重苦しい空気が満ちていた。

辺りを見渡してみると城の中で意識を保っているのは三人だけのようだ。

暴走している人もおらず、皆が気絶している。

その中には令嬢たちやベルナール公爵の姿もあった。

何らかの異変が起こり、城に逃げてきたのか宝玉の様子を見にきたのかはわからない。

生きてはいるようだが気を失っていてピクリとも動かない。

（まさかここまでひどい状態になってしまうなんて。わたくしだけで大丈夫かしら……）

フランソワーズは胸元でギュッと手を握った。正直、この状況を見て不安が込み上げてくる。

どうにかしなければとフランソワーズは宝玉の間へと足を進めた。

部屋に近づく度に凄まじい圧迫感に足が竦《すく》む。

けれど前に進みつつも取っ手に手をかけるが、扉が開かないことに気づく。

ステファンが不思議そうにフランソワーズに声をかける。

「フランソワーズ、どうした？」

「扉が開きません」

フランソワーズの代わりにノアとイザークが扉を押すが、二人がかりでも開かないようだ。

ステファンが取っ手を掴んで思いきり力を込めても同じだった。

先ほど王妃が言っていた『入れない』という言葉が頭がよぎる。

どうやら力では扉は開かないようだ。

（……悪魔のせいなのかしら。なら、わたくしがやるしかないわ）

フランソワーズは扉の取っ手を握りながら目を閉じた。

国全体に影響を及ぼすほどなのだから当たり前だが、その力はステファンたちに憑いていた悪魔よりもずっと強いのだろう。

いつも宝玉を浄化するように力を込めると、パキッと何かが割れる音が聞こえた。

フランソワーズが腕を下ろすと同時に扉がわずかに開く。

ステファンが扉に手をかけて開けた瞬間、凄まじい風が吹いてくる。

「きゃっ……！」

足がもつれて倒れそうになるのをステファンが支えてくれた。

「フランソワーズッ……大丈夫か？」

「はい、ありがとうございます！」

ノアとイザークと共に、なんとか部屋の中に入ると暴風がピタリと止んだ。

フランソワーズがゆっくりと顔を上げると、そこには宝玉に手を当てて泣きながら笑っているマドレーヌの姿があった。

そしてフランソワーズと目が合うと、マドレーヌの表情は一気に厳しいものとなる。

「フランソワーズ……！　アンタがっ、アンタが全部悪いのよ！」

「……！」

「わたしの物語をめちゃくちゃにするなんて……！　許さないんだからッ」

目は血走っていてガタガタと震えながらも暴言を吐き続けるマドレーヌ。

最後に見た時、彼女は可愛らしいドレスを着て笑っていたが今は髪も服もボロボロで見る影もない。

口の端からはダラリとよだれが垂れて体がぐにゃりと傾いた。

ステファンとは違う模様ではあるが彼と同じように体中、真っ黒なアザが覆い尽くしている。

マドレーヌが涙を流しながら、苦しげにそう言ったのと同時に顔までアザが広がってしまう。

「タ……スケ……テェ……ッ！」

彼女の口からは、けたたましい叫び声が聞こえた。

フランソワーズが一歩踏み出した瞬間、突風に吹き飛ばされそうになる。

ステファンがすぐに、フランソワーズが飛ばされないようにと支えてくれたようだ。

フランソワーズが近づけないように悪魔が必死に抵抗しようとしているのだと思った。

（ステファン殿下の時と同じだわ……！　マドレーヌを使って、わたくしたちを排除するつもり？）

それを裏付けるようにマドレーヌが、奇声を上げながらフランソワーズに摑みかかろうと迫ってくる。

ノアが鞘がついた剣をマドレーヌへと突きつけるが、マドレーヌは凄まじい力で鞘に嚙みついた。

ミシミシと音が鳴り、鞘が軋《きし》んでいる音がここまで聞こえた。イザークはマドレーヌの背後に回り込んで彼女を押さえる。

「ここは私たちに任せてステファン殿下はフランソワーズ様をっ！」

「わかった！　フランソワーズ、行こう」

「はい！」

呼吸ができないほどの強風がステファンとフランソワーズを襲う。

ステファンに支えられながらフランソワーズは宝玉へと進んでいく。

あまりの息苦しさに呼吸が浅くなっていく。

ステファンも苦しいのだろう。荒く息を吐いている。

「……フランソワーズ、どうすればいい？」

「せめて宝玉の近くに行けたらっ……！」

「この状況で祈るつもりか？」

「はい！　それしか方法はありませんから」

「わかった」

フランソワーズの言葉に頷いたステファンは剣を抜いてから、床に突き刺してフランソワーズを宝玉の元へ運んでいく。

ステファンのおかげで、フランソワーズがいつも祈っていた位置まで辿り着くことができた。

宝玉はほとんど黒く染まっている。

上部のわずかな部分だけが透明だが、それが黒く染まるのも時間の問題だろう。

（………やるしかないわ）

フランソワーズはいつものように跪いて手を合わせた。

背後ではステファンがフランソワーズが吹き飛ばされないように体を支えてくれている。

ノアとイザークも暴れるマドレーヌを必死に押さえている声が聞こえた。

フランソワーズが意識を集中させるとキーンという頭が割れそうなほどの高音が響き渡る。

耳をつんざく音と共にマドレーヌの悲鳴が聞こえた。後ろを振り向くとマドレーヌが地べたをのたうち回って苦しんでいる。

どうやらフランソワーズの祈りは、まだ悪魔の宝玉に届くようだ。

フランソワーズが集中して手を合わせていると次第に風がなくなっていく。

力が弱まったのを感じて、更に力を込めた。

（いつもより宝玉を抑える力が強いような気がする。どうしてかしら……）

長い時間、祈り続けることで宝玉を守っていた。

しかし、今は長時間祈らなくても力が宝玉に届いている確かな手応えがある。

明らかに以前とは違う変化を感じていた。

（まさか〝フランソワーズ〟の力が強くなっているの？）

マドレーヌよりも力がなかったフランソワーズだが、今はそうは思わない。

フランソワーズは物語のマドレーヌのことを思い出していた。

彼女は色々な人たちを助けるために、聖女の力を使って悪魔を祓っていた。

それで聖女としての力を底上げして強くなっていたことを思い出したのだ。

そしてフランソワーズもフェーブル王国の悪魔を片っ端から浄化していったことで、以前よりも力が強まったのかもしれない。

（もしかしたら、このまま宝玉を壊すことができるかもしれないわ……！）

宝玉の中の悪魔も抵抗しているのか、力で押し返される感覚がした。

次第に足元が大きく揺れていることに気づく。

倒れないようにグッと唇を噛んで力を込めていると、ステファンがフランソワーズを背後から優しく抱きしめた。

（……もう一人じゃない。わたくしには守りたいものがある）

ステファンの体温を感じて、胸が熱くなっていく。

フェーブル王国で出会った大切な人たちの顔が思い浮かぶ。

「フランソワーズ、僕がそばにいるよ」

「はい！」

彼がそばにいてくれる、それだけで心が強くなるような気がした。

強い風が弱まったためフランソワーズの肩に手を置いて抱きしめるように立つステファン。

祈りを捧げているフランソワーズの左手の薬指にはステファンからプレゼントされた指輪がある。

不思議と力が湧いてくる。悪魔の宝玉に負ける気がしない。

（わたくしが、絶対に皆を守ってみせる……！）

そこからは何も考えることなく、ただ祈りを捧げ続けた。

＊　＊　＊

「――フランソワーズ、フランソワーズッ！」

「ん……？」

「フランソワーズ、大丈夫かい？」

「……ステファン、殿下？」

ステファンに名前を呼ばれたフランソワーズは、ゆっくりと瞼を開いた。

「わたくしは……？」

「いきなり意識を失って驚いたよ。目が覚めて本当によかった」

ステファンは安心したように微笑んだ。

フランソワーズは座り込んだステファンに抱えられるようにして倒れていたようだ。

上半身をゆっくりと起こしたフランソワーズは混乱していた頭を押さえる。

（あれ……わたくしはここで何をしていたのかしら？）

フランソワーズが考え込んでいると、ステファンの視線が上のほうへ。

「フランソワーズ、あそこを見てくれ」

フランソワーズはステファンが指をさすほうへ視線を向ける。

先ほどまで真っ黒だった宝玉の澱みは、いつの間にかなくなっていた。

いつものように透明にもなっておらず、真っ白になっていた。

もしかしたら失敗してしまったのかもしれない……フランソワーズの心臓がドクリと脈打つ。

フランソワーズがステファンに支えてもらいながら立ち上がり、宝玉に触れようと手を伸ばした時だった。

パキッという音と共に宝玉が真っ二つに割れた。

（嘘……！　宝玉が割れたの？）

フランソワーズは信じられない気分だった。

それと同時に宝玉に光が入るようにと設計されている大きな窓から光が差し込んでいる。暗雲がなくなり、青空が広がっていく。

太陽の光の温かさを感じて、フランソワーズは宝玉を壊せたことに感激して涙ぐむ。

視界がぼやけていたが真っ二つに割れてしまった宝玉は、みるみるうちに灰になっていく。

それと同時にマドレーヌの悲鳴が部屋の中に響き渡る。何事かと思い振り返ると……。

「いやあああっ！　消えたくないっ、消えたくない！」

「……！」

宝玉の悪魔が消えたことでマドレーヌは正気に戻ったのだろうか。

言葉の意味がわからずにいたが、彼女の足先が宝玉のように灰になり崩れていくのが見えた。

足が消えてしまうと、マドレーヌは目に涙を溜めながらこちらに手を伸ばす。

必死に助けを求めているが、その間にもマドレーヌの体は消えていく。

「いや、消えたくないっ！　助けてぇ、助けなさいよ！　たすっ……！」

そして口元まであっという間に崩れ去ってしまったことで、悲痛な叫び声はピタリと聞こえなくなる。

どうやら悪魔に完全に乗っ取られてしまったマドレーヌは、宝玉と同じように灰になってしまった。

マドレーヌがいた場所には灰が積み重なっていた。

(マドレーヌは完全に消えてしまったのね)

フランソワーズにはわかっていた。今まで祓った悪魔が取り憑いたモノは灰になり、二度と戻らないことを。

彼女は恐怖と絶望感の中、物語から消えていなくなってしまった。

マドレーヌをずっと押さえていたイザークとノアもホッと息を吐き出している。

フランソワーズはマドレーヌがいた場所をじっと見つめていた。

「フランソワーズ……?」

ステファンに名前を呼ばれたフランソワーズは顔を上げた。

すると彼はフランソワーズの汗で額に張り付いた前髪をすいた。

フランソワーズも左手を伸ばしてステファンの頬をなぞる。

「……フランソワーズが無事でよかった」

「ステファン殿下が、わたくしに力をくれたんです」

フランソワーズは自分からステファンを抱きしめた。

目を閉じて互いの無事を確かめ合ったのだった。

宝玉があった部屋から出ると、シュバリタリア国王や王妃、セドリックは部屋の前で唖然としていた。

灰になった宝玉を見て、脅威が去ったことだけは理解できたようだ。

三人は涙を流して喜び、手を合わせている。

セドリックに名前を呼ばれたような気もしたが、フランソワーズは彼を無視してステファンと共に歩き出す。

フランソワーズはすぐにフェーブル王国に帰ることを提案する。

それはステファンからの圧が凄まじかったのもあるが、これ以上ここにいる必要はないと思ったからだ。

ノアとイザーク、ステファンと共に廊下を歩いていくと倒れていた人たちが目を覚ましていた。

マドレーヌは灰になってしまったが、倒れていた人たちには影響はないらしい。

ステファンやオリーヴが呪いを受けた時と同様に、マドレーヌも悪魔の宝玉に触れてしまい強く呪われたのかもしれない。

城から出ようとすると、久しぶりに見るフランソワーズの父親、ベルナール公爵の姿があった。

彼は頭を押さえながら眉を寄せていたが、フランソワーズの姿を見て瞬時に状況を察したのだろう。

フランソワーズは彼に声をかけることなく通り過ぎていく。

ベルナール公爵はドタドタと走ってくるとフランソワーズの行手を阻むように立ち塞がる。

するとノアとイザークが前に立ち、ステファンもフランソワーズを守るように腕を前に出す。

「宝玉を鎮めたのだなっ！　お前は最高の娘だ！　マドレーヌなど引き取らねばよかった」

「…………」

「フランソワーズ、やりなおそうじゃないか。私たちなら最高の親子に戻れるはずだ。そうだろう？」

「……失礼します」

「待ってくれ、フランソワーズッ！　戻ってこい、後悔するぞ！」

フランソワーズは目を合わせることなく、ベルナール公爵の隣を通り過ぎていく。

（後悔しているのはあなたのほうでしょう……？）

今更、ベルナール公爵の言葉がフランソワーズの耳に届くことはない。

（驚きだわ……マドレーヌを選んでおいて、今になって縋《すが》ろうとしてくるなんて信じられない）

フランソワーズは嫌悪感に身震いした。

フェーブル王国に帰る途中、街を巡っていたが人々は正気を取り戻したことに安堵していた。

今は壊れた街の復旧や怪我人の手当てに忙しそうにしている。

暴れていた人たちはまったく記憶がないのか、壊れた街を見て唖然としていた。

教会でフランソワーズたちに食料や寝る場所を提供してくれた人たちは涙ぐみながら感謝していた。

その人たちがフランソワーズたちのことを伝えてくれたのだろう。

フランソワーズを『救世主』と称えて、お礼を言う人々で溢れかえっていた。

シュバリタリア王国の辺境の地には、ステファンやフランソワーズの様子を心配して騎士たちが出迎えてくれていた。

ステファンはフェーブル国王に状況を把握するために早馬を出す。

フランソワーズは辺境の街でゆっくりと体を休めていた。

力を使い尽くしたためか、初めて悪魔祓いをした時同様に一日中眠っていたらしい。

その間にフランソワーズやステファンを労るためか、侍女や医師が派遣された。

フランソワーズは用意してくれた馬車に乗り、フェーブル王国に到着すると先に国に戻っていた騎士たちに事情を聞いたオリーヴやフェーブル国王、王妃たちが門の前で出迎えてくれた。

フランソワーズは号泣するオリーヴと抱き合いながら、無事にフェーブル王国に帰ってくることができた喜びを噛み締める。

「よくやった、ステファン……！」

「父上、すべてはフランソワーズの力があってこそです。彼女がいなければフェーブル王国も危険でした」

「フランソワーズ、ありがとう。よくフェーブル王国に戻ってくれた」

フランソワーズはフェーブル国王と王妃と抱き合っていた。

まるで本当の親子のようにフランソワーズを可愛がってくれる二人の温かさに、目には涙が滲む。

「帰ってきた騎士たちから話は聞いた。ノアとイザークも最後までよく耐えて二人を守ったな」

ノアとイザークも涙ぐみながらも深々と頭を下げた。

フランソワーズはステファンと抱き合いながら、またこの場所に帰ってこられたことを喜び合ったのだった。

一週間後――。

シュバリタリア王国は大混乱だったそうだ。

王都から辺境まで街は悪魔の影響を受けた人たちによって破壊された。貴族以外は理由がわからないため、国民たちは王家に説明を求めて城に押し寄せる。

貴族たちは理由がわかっていたため、王家を責め立ててひどい有様だったそうだ。

今もシュバリタリア王国の混乱は続いている。

フランソワーズの元にはベルナール公爵やセドリック、シュバリタリア国王から手紙が届き続けた。

そんなことをしている暇があったら国民や領民のために動いたほうがいいのではないかと思ったが、それよりも自分の立場のほうが大切なのだろう。

手紙を一枚だけ読んでみたのだが、セドリックの言い分はこうだ。

『本当はフランソワーズしか愛していなかった』

『マドレーヌに騙されてあんなことをしてしまったが君しか見ていない』

彼の軽薄な言葉の数々にはため息しか出てこない。

なんとかフランソワーズに縋って、自分の地位を取り戻そうと必死なようだ。

ベルナール公爵も似たようなものだった。

フランソワーズはその場でセドリックとベルナール公爵の手紙を破り捨てた。

次々に届く手紙は読まなくても同じような内容だとわかっていたからだ。

そしてシュバリタリア王国にそのような権利は一切ない、フランソワーズは拒絶しているので二度と近づくなという返信が送られたのだった。

フェーブル王国では早めに対応したため大丈夫だったが、悪魔の宝玉の影響は隣国まで及んだそうだ。

シュバリタリア王国は悪魔の宝玉という危険なものを黙って保管していたこと。

国全体を危険に巻き込んで隣国まで危険に陥れようとしたと、周辺の国々からもその責任を問われることになる。

もちろん今のシュバリタリア王国にそんなことができるはずもない。

今回の件でシュバリタリア王国はフェーブル王国に統合することになった。

悪魔の影響でシュバリタリア王国は大混乱に陥ったが、今の王家の力だけでは再建は不可能だからだ。

何よりシュバリタリア王国の城や大半の街が半壊、または全壊状態。

事情を説明して、フランソワーズが宝玉を壊したことを知らせると貴族たちもフェーブル王国に統合することにすぐに納得したそうだ。

今、フェーブル王国から金銭面の援助や人が派遣されて街を修復中である。

シュバリタリア国王や王妃はその責任を問われて牢の中へ。

一連の流れについて聴取を受けている。

セドリックもフランソワーズを追い出して、マドレーヌと共にこの一件を引き起こしたとして、シュバリタリア国王たちと共に地下牢に入ることとなった。

だがシュバリタリア王家の者を処刑しろという国民の声が強いため、彼らの怒りを鎮めるために斬首刑になるそうだ。

住む場所を失った国民たちの怒りは相当なものだった。

マドレーヌは灰になって消えてしまったため罰を受けることは不可能。

悪魔の宝玉とマドレーヌだった灰は瓶に詰められてフェーブル王国の大聖堂に保管されている。

万が一にも悪魔が元の形に戻れないようにするためだそうだ。

後々聞いた話によれば、マドレーヌはフランソワーズを冤罪で追い出したことがバレてしまい、責任を取るために宝玉の間に閉じ込められていたらしい。

セドリックはフランソワーズを連れてくるまで国に帰ってくるなと言われて必死だったそうだ。

だからこそフェーブル王家に許可を取ることもなく、護衛も連れずに一人で門の前で騒ぎを起こしていたのだろう。

マドレーヌは王妃や令嬢たちが眠っている間、一人になったタイミングで宝玉を穢し続けていたらしい。

それに気づいた時はもう手遅れで宝玉は真っ黒に染まり、突風により部屋を追い出されてしまった。

部屋の中に入れなくなり、暫くはマドレーヌの悲鳴だけが聞こえていたそうだ。

そして人々は意識を失い城は地鳴りによって壊れていった。

完全に悪魔に乗っ取られたマドレーヌは悪魔と共に消えてしまう。

本来の物語のクライマックスとは違い、フランソワーズが愛する人と結ばれた。

二人の立場は真逆のものとなる。

自身の欲望のまま動いたマドレーヌに幸せは訪れることはなかった。

あの場で国外に出ようと思った自分の選択が正しかったのだと思わせてくれる。

「今でも思うよ。もしあのタイミングでフランソワーズに出会えなかったらオリーヴは病に苦しみ続けて、僕は……彼女と同じように悪魔に乗っ取られていただろうね」

「わたくしもステファン殿下とオリーヴ王女を救えて心からよかったと思っています」

ステファンはフランソワーズに出会わなければ、完全に悪魔に乗っ取られてマドレーヌのようになっていた可能性が高い。

フランソワーズはステファンを救い、ステファンはフランソワーズを助けてくれた。

「フランソワーズが、あの宝玉を破壊してしまうなんて驚きだったな。今までずっと壊すことができなかったのだろう？」

「わたくしも驚きでしたわ。まさかこんなことができたなんて……」

フランソワーズは自分の手のひらを見つめていた。

まさか宝玉を壊せるほどに力が強まっていたことに気づかなかったからだ。

ステファンに憑いていた悪魔やフェーブル王国の悪魔を祓っているうちに、知らず知らずの間にフランソワーズの力が強まっていったのかもしれない。

無意識に物語のマドレーヌと同じことをしていたので辻褄が合っているといえるだろう。

フランソワーズは宝玉が消えてスッキリした気分だった。

シュバリタリア王国がフェーブル王国に統合されて一カ月ほど経った時のことだった。

状況が少しだけ落ち着いてきたことでフランソワーズは久しぶりにステファンと共に過ごすことができた。

二杯目の紅茶を飲み終わった頃、ステファンにテラスに出るように誘われたフランソワーズは彼に手を引かれて歩き出す。

月明かりが優しく辺りを照らしている。

星が広がり、少しだけ冷たい風がフランソワーズの頬を撫でる。

その場に跪いたステファンはフランソワーズを見上げながら手を取った。

彼の真剣な表情にフランソワーズの心臓は高鳴っていく。

「フランソワーズ、僕と結婚してください」

フランソワーズはステファンの目を見つめながら答えた。

「はい、もちろん」

この一件はフランソワーズにステファンとの結婚を決断させるには充分だった。

フランソワーズはステファンからも申し出を受け、彼に思いきり抱きついた。

ステファンはフランソワーズを軽々と抱え上げて立ち上がる。

そのまま顔が近付いていき唇が軽く触れた。

フランソワーズはステファンの首に手を回すと、もう一度キスをする。

ステファンは改めて指輪をプレゼントしたいと言ったが、フランソワーズはステファンがプレゼントしてくれた青い宝石が埋め込まれた指輪が気に入っていた。

その後すぐに二人でフェーブル国王と王妃の元に報告に向かう。

二人は喜び、その知らせはすぐに広がりをみせた。

フランソワーズがステファンと結婚に誰も反対する者はいなかった。

フェーブル王国で積み重ねた実績やオリーヴとステファンを救い、民たちにも慕われていることも大きく関わっている。

何よりも喜んでいたのはオリーヴやフェーブル国王、王妃だった。

今までずっと苦しんでいたステファンが心から愛する人と幸せを掴んでくれたことが嬉しいようだ。

フランソワーズも愛のある相手と結婚ができることに幸せを感じていた。

今はフランソワーズの希望でフェーブル王国でも妃教育を受けている。

ステファンは婚約期間を設けずにすぐにでも、と言ったのだがフランソワーズからそうはいかないと待ってもらっていた。

やるならばステファンの隣に立っていても恥ずかしくないようにしたいと説明していた。

「フランソワーズは今のままでも素晴らしいのに……」

「フェーブル王国のことを、もっと学ばなければ王太子妃は務まりませんもの」

「君のそういうところも素敵だよ。フランソワーズ」

フランソワーズとステファンが結婚式をする前にオリーヴとアダンの結婚式が行われた。

二人の結婚式は涙なしには見られない感動的なものとなった。

それはオリーヴからアダンと心温まる話をたくさん聞かせてもらったからだろう。

オリーヴが病に苦しんでいる間もアダンは彼女をずっと支え続けていたからだ。

結婚式が終わり、オリーヴとアダンの結婚を祝うパーティーが開かれていた。

純白の美しいウェディングドレスに身を包んでいる彼女は輝いて見える。

フランソワーズは見つめ合うオリーヴとアダンを見つめながら涙を流していた。

「改めておめでとう、オリーヴ」

「ありがとう、フランソワーズのおかげでわたくしはとっても幸せよ！」

幸せそうなオリーヴと抱き合いながら「次はフランソワーズの番ね」と言われ、持っていた花束を渡される。

アダンや彼の両親もフランソワーズに深々と頭を下げる。

挨拶に回らなければならずオリーヴとアダンと離れた。

フランソワーズは涙を拭いながらも横にいるステファンを見た。

ステファンは「楽しみだね、フランソワーズ」と、いつものように優しい笑みを浮かべているが圧を感じていた。

視線だけでフランソワーズと『早く結婚したい』と訴えかけられているようだ。

フランソワーズは誤魔化すように笑いながら言った。

「な、何がでしょうか？」

「盛大な式にしよう。フランソワーズが僕と結婚したのだと早く皆に見せつけたいんだ」

「……！」

「純白のドレスを着た君はとても綺麗だろうね」

ステファンの言葉を聞いたフランソワーズの顔がどんどんと赤くなっていく。

「照れている顔も可愛らしいね。フランソワーズ」

「ステファン殿下、いい加減にしてくださいっ！」

フランソワーズは元シュバリタリア王国のことが落ち着いてからも忙しい日々を過ごしていた。

宝玉が壊れた影響なのか、様々なモノに取り憑いていた悪魔たちが暴れ出したからだ。

フランソワーズが十年間も一人で宝玉を守っていたせいか、元シュバリタリア王国の令嬢たちは、すっかりと聖女の力の使い方を忘れてしまったらしい。

フランソワーズは令嬢たちを集めて力の使い方を教えたり悪魔を祓ったりと大忙しだ。

最近、共に過ごせないのもステファンがこうなってしまう原因なのかもしれない。

共にいられる時間を大切にしたいと、一緒にいる時はステファンはフランソワーズから片時も離れない。

常に抱きしめられているのだが、それが嬉しいような恥ずかしいような複雑な気持ちである。

今日も周りが呆れるほどにフランソワーズを溺愛している。

「フランソワーズ、愛してるよ」

ステファンはフランソワーズ第一優先で動いているため、周囲にもフランソワーズに気遣っているように思う。

『もしフランソワーズに何かあろうものなら君たち……覚悟はできているんだよね?』

いつもの穏やかな紳士の笑みとは真逆で、また違った一面を見せるそうだ。

それに悪魔に取り憑かれていた際に、訓練を繰り返して猛獣を倒していた影響で彼は人間離れした強さを持っている。

今のところステファンに敵うものは誰もいない。

そんな話をしているとフランソワーズとステファンの周りには人集りができていく。

今ではフェーブル王国を救った救世主として更に名前が広がった。

フランソワーズは暫く貴族たちと談笑していたのだが、少しだけ疲れを感じていた。

ステファンがタイミングを見計らい、フランソワーズに飲み物を渡す。

琥珀色の液体を流し込んで喉を潤してからホッと一息ついた。

ステファンが「バルコニーで少し休もうか」と提案してくれた。

フランソワーズが頷くと、ステファンのエスコートを受けて騒がしい会場を抜けて二人でバルコニーに移動した。

涼しい夜風が二人の間をすり抜けていく。フランソワーズの髪が乱れると、ステファンはそっと耳にかけてくれた。

フランソワーズもステファンの夜空のような黒髪を整えながら二人で笑い合っていた。

「フランソワーズが魅力的すぎて誰かに取られてしまうのではと心配してしまうよ」

「ありえませんわ」

「会場で君の美貌がどれだけ視線を集めていたか知らないだろう？」

「……そうでしょうか？」

「はぁ……フランソワーズは自分の魅力をわかっていないんだ」

彼は常にフランソワーズのことを心配している。随分と過保護になってしまった気がした。

しかしフランソワーズはステファンしか見ていない。

フランソワーズはステファンの頬を両手で挟むようにして目を合わせる。

「わかっていないのはステファン殿下のほうですわ」

「え……？」

そう言ってフランソワーズはステファンの唇に触れるだけのキスをした。一瞬ではあったが、やはり自分からするとなると恥ずかしい気持ちが勝る。

ステファンはフランソワーズの行動に驚いているのか大きく目を見開いていた。

「わたくしがステファン殿下しか見ていないということを、いい加減わかってくださいませ！」

「……！」

それにステファンだって会場にいる女性たちの視線を集めていた。

フランソワーズも、ステファンが女性を見つめていたら嫉妬してしまう。そのことをわかってもらおうと口を開く。

「ステファン殿下こそ……よそ見はしないでくださいね？」

セドリックがマドレーヌを選んだことは頭ではわかっていたとしても、トラウマのようにフランソワーズの中に残っている。

ステファンが他の令嬢と浮気をするなどとは思っていないが、この先に何があるかはわからない。

フランソワーズは唇をキュッと結んでステファンを見る。

こちらを見つめたまま動かない彼は次第に頬が真っ赤になっていく。そのままステファンの体がから力が抜けていき、額を押さえながらステファンはため息を吐いた。

「フランソワーズはずるいよ」

「な、何ですか！」

「可愛すぎるんだ。僕はどんどんフランソワーズのことを好きになる。フランソワーズが他に目移りしないように僕も頑張らないとね」

「ですからわたくしは……っ！」

ステファンがフランソワーズの腰を抱いて引き寄せる。

いきなり近づく距離に驚いていると再び重なる唇。

先ほどの仕返しとばかりに深い口づけにフランソワーズはステファンの胸を叩くと、やっと顔が離れた。

「もう絶対に逃がさないから」

「……っ！」

「君を心から愛してるよ、フランソワーズ」

ステファンの甘いセリフに、とろけてしまいそうだ。

ステファンにもう一度抱きしめられたフランソワーズは彼に胸を預けながら呟くように言った。

「わたくしもステファン殿下を愛しています。一生離さないでくださいませ」

「離せるわけないだろう？」

「ふふっ、約束ですよ？」

「ああ、この命が尽きるまで君を愛することを誓うよ」

優しい言葉にフランソワーズは瞼を閉じた。

幸せに胸がいっぱいになりながらも、ステファンとの心地のいい時間を過ごす。

「……ありがとうございます」

フランソワーズの言葉にステファンは優しい笑みを浮かべたのだった。

番外編

新しい未来へ

The banished saint is the strongest savior

オリーヴの結婚式が終わり、フランソワーズは胸がいっぱいだった。

彼女が元気になり、こうして愛する人と結ばれたことが自分のことのように嬉しい。

聖女として悪魔を祓えることが誇らしい気持ちだったし、この仕事を頑張ってきてよかったと思える瞬間だった。

シュバリタリア王国で追放されたフランソワーズだったが、こうして新しい未来を摑めたことは本当によかったと思う。

一方、本来愛する人と結ばれるはずのマドレーヌは自滅するような形で消えてしまった。

悪魔の宝玉が灰になってからはフェーブル王国の大聖堂に保管されていた。

ここにはステファンやオリーヴを呪っていた悪魔の灰や、フランソワーズが片っ端から祓っていた悪魔たちの灰が入った瓶が並んでいる。

フランソワーズは度々、悪魔の宝玉が灰になり保管されている大聖堂を訪れていた。

城から徒歩で行ける場所にある大聖堂には護衛がたくさんいる。

灰が悪用されないようにと警備をするためだ。

地下へと続く階段の扉の前には騎士が二人、槍を持って立っている。

フランソワーズは特に許可は必要なく、顔を見せるだけで通ることができた。

今日も騎士たちと挨拶をして保管室まで通してもらう。

コツンコツンと地下へと続く長い階段を下りていく。辺りは薄暗く不気味だ。フランソワーズの足音が反響していた。

最近、フランソワーズは毎日のように足を踏み入れていた。

フランソワーズが保管室の中に入るとスッと空気が冷たくなる。

フランソワーズの両方の手のひらよりも少し大きな瓶の中にはぎっしりと詰まっている。

その理由は悪魔の宝玉の灰が何も変化がないことを確かめるためだ。

(よかった……今日も大丈夫そうね)

今のところ嫌な予感は感じないが、ふとした瞬間に不安になってしまうのだ。

フランソワーズはこの宝玉を守るために長い間、祈りを捧げ続けた。

それがまったく必要ないということに違和感を感じているのかもしれない。

今、元シュバリタリア王国は信じられないほどに静かだ。

聖女の力を持つ令嬢たちのおかげか小さな悪魔の影響はあるが大きな事件は起こっていない。

フランソワーズは悪魔の宝玉の灰の前に手のひらを合わせて祈るように瞼を閉じた。

(二度と誰も苦しむことがありませんように……)

物に取り憑いて人に悪影響を及ぼす悪魔という存在。

ステファンやオリーヴ、マドレーヌのように触れたものを不幸のどん底に陥れて体を乗っ取ることもある。

悪魔の呪いは呪われた者の夢を壊してもっとも大切なものを奪うのかもしれない。

オリーヴの場合はアダンと結婚する未来を。ステファンの場合は自分が守るべきものを破壊してしまうこと。

マドレーヌの場合は少し違うかもしれないが、最終的には彼女が欲していたものをすべて失くした。

王太子の婚約者の地位、聖女としての名誉、そして自分だけが愛される未来だ。

フランソワーズはマドレーヌが消える寸前の恐怖に歪む顔が頭から離れない。

こちらに手を伸ばして『助けて』と泣き叫ぶ彼女の表情は今でも鮮明に思い出すことができる。

（そのせいで……また今日も寝不足なのよね）

ここに来てしまうのは、もうマドレーヌや悪魔の宝玉はなくなったのだと確かめたいのかもしれない。

フランソワーズは重たいため息を吐き出した。

最近、寝不足なことも こうして足を運んでいることもステファンに知られてしまえば余計な心配をかけてしまうだろう。

だから侍女たちや護衛には口止めして、ひっそりと足を運んでいる。

フランソワーズがそろそろ戻らなければと振り返った時だった。

艶やかな黒髪と、青い瞳が見えてフランソワーズは目を見開いた。

「────ッ！」

「捜したよ、フランソワーズ。やっぱりここにいたんだね」

驚き過ぎて声が出ないフランソワーズとは違って、ステファンはいつもと同じ柔らかい笑みを浮かべているではないか。

『どうしてここに？』『やっぱり、とはどういう意味でしょうか』

聞きたいことはたくさんあったのだが、うまく言葉が出てこずに何度か口を開いたり閉じたりを繰り返す。

「ど、どうして……！」

侍女たちには口止めをしていたし、護衛にもフランソワーズが毎日ここにいることを黙っていてもらっていた。

なのに当然のようにステファンはフランソワーズがここにいることを知っている。

「フランソワーズが最近、よくここに出入りすることの報告を受けてはいたよ」

「……！」

「今日は時間ができたからフランソワーズの元を訪れたら、侍女たちが君は出かけたと言うからここじゃないかと思ってね」

ステファンはそう言ってフランソワーズの手を握った。

彼の体温を感じて、自分の手が冷えていたことに気づく。

どうやらかなり長い間、ここにいたようだ。

するとステファンがジャケットを脱いでからフランソワーズの肩にかける。

それからフランソワーズの体を包み込むように抱きしめた。彼が触れた場所がじんわりと熱を持つ。

フランソワーズも身を預けるようにして背を手に回した。

「こんなに冷えるまでここで何をしていたんだい？」

「……何も」

「フランソワーズ」

ステファンがフランソワーズの名前を呼んだ。

抱き締める腕の力が少しだけ強くなる。

本当のことを言ってくれと、そう言われているような気がした。

（でも本当のことを言ったらステファン殿下に心配をかけてしまうわ）

そのまま何も答えないでいるとステファンも黙ったままだ。地下室は不気味なほどに静かで互いの呼吸音しか聞こえない。

彼が何を考えているかわからずにフランソワーズは顔を上げた。自然と上目遣いになってしまう。

吸い込まれそうな青い瞳を見つめながら彼の言葉を待っていたが……。

「それは……わざとやっているのかな？」

「え……？　何のことでしょう？」

「フランソワーズが無自覚な可愛いことばかりするから自制が効かなくなりそうだよ」

「……！」

ステファンは相変わらず、フランソワーズが可愛いと言ってばかりだ。

彼がいつもの表情に戻ったことに安堵していた。

「とりあえずはここから出ようか。体が冷えてしまうよ」

「……はい」

フランソワーズはステファンにエスコートされるようにして地下の階段を上がっていく。

扉までくると護衛たちは申し訳なさそうにフランソワーズを見ていた。

さすがにステファン相手に引き止めるわけにはいかないだろう。

フランソワーズは彼らを安心させるために微笑んだ。


そのまま大聖堂を出たフランソワーズは、もう一度だけ振り返る。

先ほど悪魔の宝玉の灰には何もないと確認したばかりだ。もう大丈夫、そうわかっているのに不安で仕方ない。

「フランソワーズ?」

「……ごめんなさい。行きましょうか」

「…………」

フランソワーズは無理やり笑顔を作りながら歩き出す。

そんなフランソワーズの様子をステファンが見ていたことも知らないまま、ステファンに隠し通すことができたと思っていた。

フランソワーズはいつものように振る舞いながら中庭のテラスに向かった。

晴れた日にステファンとお茶をする時にはこの場所を選ぶことが多い。

先ほどまで地下にいたからか、太陽の日差しが眩しく感じた。青空が広がっていて、庭師が手入れした花々が咲き誇っている。

フランソワーズは花のいい香りがしてホッと息を吐き出す。

ステファンから手を離して、ティーセットが用意されているテーブルに移動しようとした時だった。

ズキズキと痛む頭……ぐにゃりとフランソワーズの視界が歪む。

体から力が抜けていく感覚に驚いていた。恐らく連日の寝不足のせいだろう。

（いけない……！）

フラリとよろめいたフランソワーズは足に力を込めようとするが、このままではテーブルにぶつかってしまう。衝撃に備えて目を閉じた。

（………あれ？）

いつまで経っても痛みがないことにフランソワーズは不思議に思っていた。

固く閉じていた瞼を開けると、そこにはフランソワーズを支えるステファンの姿があった。

その顔は険しく怒っているようにも見える。フランソワーズは咄嗟に誤魔化すために口を開いた。

「も、申し訳ございません……躓《つまず》いてしまって」

「………」

ステファンは何も答えない。

フランソワーズがお礼を言って、足に力を入れようとしたのだが、一向に腕が離れる様子はない。

「ステファン殿下？」

「フランソワーズ、僕の前では隠さないでほしい」

「……え？」

言葉の意味がわからずに、何のことか聞き返そうとした瞬間、フランソワーズの体が宙に浮く。

反射的にステファンの首に腕を回してしがみつく。

「な、なにを……！」

「フランソワーズ、部屋に戻ろう」

「部屋に……？　ですがお茶は……？」

「僕とお茶をするよりも大切なことがあるだろう？」

そう言われたとしてもフランソワーズは何のことなのかさっぱりとわからない。

暫く考えてみたものの、何も思いつかなかったため思ったことを素直に口にする。

「ステファン殿下と一緒に過ごすより、大切なことなんてあるのでしょうか？」

「……！」

これはフランソワーズの本当の気持ちだった。

大好きなステファンと一緒に過ごす時間は楽しくてあっという間に過ぎていく。

互いの立場故に忙しくて長時間一緒に過ごすことはできない。

だからこそ二人でいられる時間は大切だと思う。

（いくら考えても思いつかないわ。何かしら……）

フランソワーズが考えている間もステファンに抱えられたままだ。

このままではよくないかと思い、彼に降ろしてもらうように頼もうと口を開く。

「ステファン殿下、そろそろ……」

「君たち、用意はフランソワーズの部屋に頼む」

「かしこまりました」

ステファンはお茶の用意を始めた侍女にフランソワーズの部屋に向かうように言っているではないか。

それからもう一人の侍女に医師の手配を頼んでいるのを不思議に思っていた。

（ステファン殿下、どこか怪我でもしたのかしら？）

心配になるが侍女と話しているのを邪魔するわけにいかずにフランソワーズは黙っていた。

「さて、フランソワーズ……部屋に行こうか」

「はい、わかりました」

どうやら中庭ではなく、フランソワーズの部屋に場所を移してお茶をするらしい。彼の不可解な行動に首を捻る。こんなことは初めてだった。

中庭から城内に入ったのだが、ステファンはフランソワーズを抱えたまま真紅の絨毯の上を歩いていく。

軽々と歩いていくのだが、すれ違う人たちに見られるのは恥ずかしい。

フランソワーズは顔を上げて、ステファンに声をかける。

「あ、あの……もう下ろしてくれませんか？」

「またさっきのように倒れたら危ないからこのまま部屋に運ぶよ」

「えっ……!?」

ステファンは反論は許さないと言わんばかりの笑顔だ。

これ以上、何も言うことができずにフランソワーズは身を任せるしかなかった。


フランソワーズの自室へと到着すると、後ろからついてきていた執事が扉を開いた。

ステファンは中に足を踏み入れると、フランソワーズをベッドの上へ丁寧に下ろした。

「ありがとうございます。ステファン殿下」

「これくらい大したことじゃないよ」

着痩せするのか、とても力があるようには見えないステファン。

けれどシャツの下には鍛え上げられた肉体が隠れている。

圧倒的な剣の強さと端正な顔立ち、物腰柔らかく紳士的な姿を見て惚れない女性はいるのだろうか。

ステファンと時間を過ごす度に彼のことをどんどんと好きになる。

火照って赤くなる頬を押さえていると、侍女たちがお茶を淹れていた。

部屋にはカモミールの香りが広がっていく。

お菓子やティースタンドなどは置かれることはない。ステファンの前にもカップが置かれた。

フランソワーズがベッドから立ち上がり、テーブルに向かおうとするがステファンが阻止するように手を前へ。

不思議に思っていたフランソワーズだが、ソーサーごとティーカップを手渡される。

有無を言わせない笑顔を見て、フランソワーズは「ありがとうございます」と言ってソーサーとティーカップを受け取った。

白い陶器にブルーの柄が描かれているティーカップ。

金色のハンドルをつまむように握る。

カモミールティーを口に含みながら、ホッと息を吐き出した。

自然と心が安らいでいく。

ステファンもベッドの隣にある椅子に腰をかけてハーブティーを飲んでいる。

「たまにはいいね。とても心が安らぐよ」

「ふふっ、わたくしもそう思っていたんです」


ステファンと和やかな時間を過ごしていると、扉をノックする音。

侍女がお茶に合わせたお菓子を持ってきてくれたのかと思ったが、部屋に入ってきたのは予想外の人物だった。

チラリと見えた白衣、城に常駐していた医師が部屋の中へと入ってくる。

フランソワーズはステファンが医師を呼ぶように頼んでいたことを思い出す。

「ステファン殿下、どこか怪我をしたのですか!?」

「僕……? 怪我はしていないけど」

「…………え?」

ならどうして医師がいるのかと問いかける前に、ステファンが立ち上がる。

「フランソワーズの顔色が悪いんだ。診てくれないか？」

「……！」

「かしこまりました」

「僕は一旦、退出するよ」

ステファンは足早に扉の外へと向かった。

「またあとでね」と言って去っていく。

（ステファン殿下はわたくしのために医師を呼んでくださったのね……）

寝不足が原因だろうが、ステファンはフランソワーズの体調を気遣って、ここまで運んで医師を呼んでくれたのだとわかる。

医師の診察の結果は寝不足と過労だった。フランソワーズは休息が必要だと言われてしまう。

（最近、無理をしすぎてしまったかしら……）

医師が退出すると、扉の外で話し声が聞こえる。

恐らくステファンが診察の結果を聞いているのだろう。

暫くすると再びステファンが部屋の中へ。

「フランソワーズに大切な話があるから」と言うと、心配そうな侍女たちも部屋から出ていくように人払いしてしまった。

ベッド前にある椅子に腰かけたステファンだが、笑みを浮かべてはいるが怒っているように見えなくもない。

二人の間には気まずい沈黙が流れていた。

「さて……どうしようか」

「な、何がでしょうか」

ステファンの圧に押されていたフランソワーズだったが、まずは彼にお礼と謝罪をしなければと思い口を開く。

「あの、ステファン殿下……」

「なんだい？」

「医師を手配してくださり、ありがとうございます。それから心配をかけてしまい申し訳ありません」

「……！」

フランソワーズの言葉が予想外だったのか彼の纏う雰囲気が柔らかくなる。フランソワーズはステファンと共にいて、わかったことがたくさんある。

いつも笑顔でいるが、その笑顔の中にも色んな感情が込められていることを知っていた。

「はぁ……」と小さくため息を吐きながら俯いたステファンの表情はいつもどおりに戻る。

「僕は怒るつもりだったんだけど、先にそう言われてしまうと怒れなくなってしまうよ」

「えっと……」

なんて言葉を返せばいいか迷っていると、ステファンはそっとフランソワーズの手をすくうように握った。

手のひらから伝わる温もりは、フランソワーズをいつも安心させてくれる。

苦しそうな表情でフランソワーズを見つめたステファンからは予想外の言葉が発せられる。

「お願いだから、もっと僕を頼ってくれないか？」

「……え？」

「君はつらいことや苦しいことをうまく隠してしまう。だから心配なんだ。今だってこうして無理ばかりして……」

フランソワーズはステファンの言葉を聞いて目を見開いた。

きっとフランソワーズがこうなってしまったことで、ステファンは自分のことを責めているのではないかと思った。

だが、これはフランソワーズの気持ちの問題だ。これ以上、ステファンに迷惑をかけてはいけないという思いが前に出てしまう。

「これはわたくしの問題なので、ステファン殿下のお手を煩《わずら》わせるわけには……！」

「フランソワーズ、なんでもいいんだ。僕に相談してほしい」

「……！」

侍女にも体調不良を悟られないようにしていたフランソワーズだが、ステファンには気づかれてしまったようだ。

前世でも誰にも頼らないまま生きてきた。

それはフランソワーズになっても変わらないらしい。我慢することが当たり前すぎて頼ることを忘れてしまう。実際にシュバリタリア王国では体調不良だろうがなんだろうが宝玉に祈りを捧げなければばならなかった。

ステファンはそんな性格を見透かしているようだと思った。

「よければ、こうなった理由を話してくれないか？」

「…………はい」

フランソワーズは新しく淹れてもらった紅茶を飲みながら、ステファンに胸の内を明かす。

悪魔の宝玉を壊した時の光景が忘れられずに悪夢を見てしまうこと。

そしてマドレーヌが必死に助けを求めている時のことが頭から離れないことをステファンに伝えていた。

ステファンは何も言うことなくフランソワーズの話を最後まで聞いてくれた。

すると彼がフランソワーズの持っていたカップを摑む。そこで初めてカップを持つ手が震えていたことに気づく。

ステファンはカップを置いてフランソワーズの冷たくなった手を包み込むようにして握る。

「そうだったんだね」

「はい、最近は寝不足気味で……」

忙しさが落ち着いたことで、考える機会が増えたのだろうか。フランソワーズは瞼をそっと閉じた。

鮮明に思い出すあの時の光景はフランソワーズを今になって苦しめる。

「だから大聖堂に？」

「もう終わったのだと確かめて安心できる……頭ではわかってはいるのですが確認せずにはいられな

くて」

大聖堂の地下にある灰が詰められた瓶を見て、大丈夫だと自分に言い聞かせていた。

瞼を開くと、そこには笑みが消えて悲しげな表情のステファンの姿があった。

「僕もフランソワーズと同じだよ」

「……え？」

「あの時のことをよく思い出すんだ」

「ステファン殿下もですか？」

ステファンの予想外の言葉に驚いていた。

元シュバリタリア王国の復興を行っている時も、二人ともこの話題に触れたことはないからだ。

「ああ、彼女ではなく灰になって消えたのは僕だったんじゃないかと考えてしまう」

「……！」

「もし僕たちがフランソワーズに出会うことができなければオリーヴは病死してしまい、僕は絶望して悪魔に体を乗っ取られていたんじゃないかな」

「そんな……」

こうしてステファンが弱音を吐くのはとても珍しいことだった。

たしかにオリーヴもステファンもいい状態とは言えなかった。

彼の言うとおり、ゆくゆくはマドレーヌのようになっていたかもしれない。

「オリーヴが救われないことに絶望した僕は……破壊衝動に抗えずに今まで守ってきた大切なものを

傷つけて失くすだろう」

「…………」

これはあったかもしれない未来の話だ。

だけど本当にそうなってしまったのではないかと思ってしまう。

「それから僕を力の強い聖女が祓って灰になるのかもしれない。もしかしたらフランソワーズが……」

「――絶対にダメですっ！」

フランソワーズはステファンの言葉を遮るように言った。

そんな未来があったのだと想像だとしても考えたくはなかった。フランソワーズが目を閉じて首を横に振る。

「すまない。フランソワーズ」

「…………っ！」

手を離したステファンはフランソワーズを抱きしめた。

「そんな顔をさせるつもりじゃなかったんだ」

優しく頭を撫でる手のひら。だんだん気持ちが落ち着いてくる。

ステファンを大切に思っている。

ずっと彼の隣にいたい。そう思わせてくれたステファンに感謝していた。だからこそ失いたくないと強く思うのだ。

「もう二度とそんなことを言わないでくださいね」

「あぁ、二度と言わない。君に出会えて本当によかったと伝えたかっただけなんだ。それに……」

ステファンが何を言うつもりなのか気になり、黙って耳を傾けていた。

「何があってもフランソワーズといれば大丈夫だと思えるんだ。もし悪魔が蘇ったとしても二人でなら戦える。そうだろう？」

「……！」

ステファンの前向きな言葉を聞いて、フランソワーズは笑みを浮かべた。

また悪魔が現れたとしても、二人でなら乗り越えていける。

彼の言葉が心強く思えた。先ほどまで暗く沈んでいたフランソワーズの心に光が差し込んでいく。

「フランソワーズ……？」

「はい、そうですね。ステファン殿下とならどんなことだって乗り越えていけるような気がします」

「きっと二人なら大丈夫だよ。僕がフランソワーズを守ってみせる」

「わたくしもステファン殿下を守ってみせますわ」

「それは頼もしいね」

フランソワーズの気分はすっかり上向きだった。

胸の中につかえていたものが取れて安心したのかハーブティーとステファンの体温のせいなのか、急に眠気が襲ってくる。

あくびが出てしまい、フランソワーズは口元を押さえながらも「申し訳ありません」と呟くように言った。

「寝不足なんだろう？　今日はゆっくりと休んでくれ」

「ですが今から妃教育が……」

フランソワーズはまだまだやることがあるため首を横に振る。

「講師たちからはもう教えることはないと聞いているよ」

「そんなことはありませんわ。まだまだわたくしは……」

フランソワーズはベッドから立ちあがろうとした時だった。

「──ッ⁉」

ステファンにそのままベッドに押し倒されてしまう。

黒髪がサラリと流れてフランソワーズの頬を掠めた。

大きく目を見開いているフランソワーズと違って、ステファンは涼しい表情だ。

フランソワーズの頬を優しく撫でるステファン。ドキドキと胸が激しく鳴っている。

「僕から言っておくから、今日は何も考えずに休んでくれるかい？」

「あの……！」

「…………ね？」

ステファンは有無を言わせぬまま微笑んでいる。

距離はどんどんと近づいていた。

唇が触れてしまいそうな距離になって、フランソワーズは叫ぶように声を上げる。

「わかりましたわ！　休みます、休みますから……！」

「そう。ならよかった」

そう言ったステファンは何事もなかったように体を起こした。

それからフランソワーズの髪を撫でつつ整えると、ベッドから下りてシーツをかける。

フランソワーズが「やっぱり……」と、上半身を起こそうとするが、ステファンがそれを許さないとばかりに屈んで顔を近づけた。

反射的に避けようとすると、再びフランソワーズがベッドに沈む。

フランソワーズが抗議するために声を上げた。

「ステファン殿下っ！」

「困ったな。大人しく休んでくれないのかい？」

「〜〜〜っ！」

まったく困っていないステファンはなんだか楽しそうだ。悔しくなったフランソワーズは反撃しようとステファンの首元に腕を回す。

「こうしてステファン殿下がそばにいてくださるなら安心して眠れそうですわ！」

フランソワーズよりもステファンは多忙だ。こうしたらステファンが困ることがわかっていた。

「そうだね。なら、僕もフランソワーズと一緒に眠ろうかな」

「へ……？」

まさか承諾されるとは思わずに狼狽えるフランソワーズとは違い、ステファンはそばにあった椅子をベッドへと寄せる。

何をするつもりなのか様子を見ていると、ステファンは椅子に腰かけた後にフランソワーズの手を握る。

「……何を」

「さて、これでフランソワーズもぐっすりだ」

「ステファン殿下……っ！」

「結婚したら毎日こうしてあげられるね。早く結婚式を挙げたいな」

完全にステファンのペースになってしまった。

フランソワーズはたじたじになりながらもベッドに横になる。

もちろんステファンの手を握ったままだ。

なんだか急に張り合っていたことが虚しくなって、ため息を吐く。

そしてステファンのほうを向きながら手を握り返す。

手のひらからじんわりと伝わる温かさに眠気を誘われてフランソワーズは瞼を閉じる。

「眠る気になったのかな？」

「……ステファン殿下がここにいてくださいますから」

「君が悪夢を見ないように僕がずっとそばにいるよ」

「はい、ありがとうございます」

＊　＊　＊

フランソワーズが目が覚ますと、辺りは明るくなっていた。正確な時間はわからないが、長時間眠っていたようだ。同じ体勢をしていたのか体が痛い。

瞼を何度も閉じたり開けたりを繰り返す。それから悪夢を見なかったことに気づく。

(久しぶりにぐっすりと眠れた気がするわ……)

悪夢を見ないで、こんなふうに眠れたのはいつぶりだろうか。

手を上げようとすると、まだ手のひらに感じる温もり。

まさかと思って首を持ち上げると、そこには一緒に手を繫いで眠ったステファンの姿があった。

(……お忙しいはずなのに、ずっとここにいてくださったのかしら)

ステファンは静かに寝息を立てている。

愛おしい気持ちが込み上げてきて、フランソワーズはステファンの頰に口付ける。

「……よく眠れた？」

すると少し掠れた低い声が聞こえた。上半身を起こしたステファンに驚いてしまう。

「起きていらしたんですか？」

「お姫様のキスで目が覚めたよ」

「ふふっ、ステファン殿下ったら……」

フランソワーズが笑うとステファンは体を伸ばしている。

長時間、椅子に座りベッドにもたれかかるように眠るのは疲れただろう。

「フランソワーズ、随分と顔色がよくなったね」

「ステファン殿下のおかげでよく眠れました」

「それはよかった。僕も久しぶりによく眠れた気がするよ」

二人で笑い合っていると扉を叩くノックの音。

ステファンが人払いをしていたのだろうか。部屋の中には誰もいない。

目が覚めたことで侍女たちだろうかと思っていた時だった。

執事が扉を開くと数人の侍女たちがワゴンを運んでくる。

そこには軽食やティーセットが置かれていた。

いい香りが部屋の中に漂っていた。

どうやらステファンもここで食事をするようだ。

ぐっすりと眠れたことで食欲も湧いてくる。

侍女たちが準備をしている間、執事とステファンが何かを確認するように話している。

(どうしたのかしら……)

軽食と甘い香りがする紅茶をステファンと楽しんでいた時だった。

「これを食べたら準備をして行こうか」

「準備……？」

ステファンの言葉にフランソワーズは首を傾げた。

何やら侍女たちも忙しそうに動き回っているように見える。

ステファンが何をするつもりなのかわからずにいると「準備をして参りますね」と、深々と腰を折ってから足早に部屋の外へと向かう。

「あの……今から何を？」

「ああ、少々王都を離れようかと思ってね」

「急な公務が入ったということでしょうか？」

フランソワーズが問いかけると、ステファンはゆっくりと首を横に振る。

他に王都を離れる理由が思いつかずに、フランソワーズはステファンの説明を待ちつつ、ティーカップを持ち上げてから傾けた時だった。

「休暇を取ったんだ。王家のカントリーハウスでゆっくりと過ごそう」

「…………え？」

「もちろん父上にも許可はとっているから安心してくれ」

ステファンが何を言っているのか把握することができずに呆然としているフランソワーズを置いて話は進んでいく。

要約するとフランソワーズとステファンは休暇をもらったので、一週間ほど王都を離れてカントリーハウスで過ごすことになるそうだ。

移動に往復で三日ほどかかるが、四日はカントリーハウスでゆっくりと過ごせるのだと聞いてフランソワーズは驚いていた。

「で、ですがそんな急に……！」

「前々から計画はしていたんだけど、今回はちょうどいいかと思って急遽準備したんだ」

「いつの間に準備したのですか！」

「ここで眠る前に少し話しただけさ」

ステファンはあっけらかんと笑いながらサンドイッチを口に含む。

「僕もこうして休暇を取るのは初めてなんだ。もちろん婚約者と出かけることもね。以前は細心の注意を払っていたし、周囲に気を遣って楽しむこともできなかったから……」

「……！」

ステファンが悪魔に取り憑かれている時は、旅を楽しむことなどできないだろう。

それに婚約者ができない理由もそうだった。

「僕は愛する婚約者とゆっくり過ごしてみたいんだけど………だめかな？」

困ったように笑った後にステファンはどこか悲しげにこちらを見る。この顔で頼まれてしまえばフランソワーズは断れない。

(だけどわたくしたちがいない間に何かあったら？　ステファン殿下は前もって準備をしていたと言っていたけど、本当に大丈夫かしら……)

困惑するフランソワーズを察してか、ステファンは何かあった時のために聖女を数人呼び、大聖堂の悪魔の灰の監視や対応などを頼んだそうだ。

妃教育ももちろん休み。ステファンのスケジュールも無理やりこじ開けたと言っていた。

紳士的に見えて、たまに強引なところもステファンらしいと言うべきなのか。

準備がいいステファンに驚くばかりではあるが、ここまでしてもらって断るわけにはいかないとフランソワーズは思った。

「わ、わかりましたわ。わたくし、行きます！」

「さすがフランソワーズ。僕も準備してくるから。門の前で待ち合わせしようか！」

「はい、わかりました」

フランソワーズが承諾するとステファンの表情がパッと明るくなった。

なんだかんだ彼の思いどおりになってしまったが、フランソワーズもステファンとゆっくりと過ごせるのならそうしたい。

一人の侍女とノアとイザークが護衛としてついてきてくれるそうだ。

フェーブル国王と王妃が見送ってくれて、あっという間に馬車の中である。

「こうして二人きりで馬車に乗って移動すると懐かしい気分になるね」

「そうですね。あの時はステファン殿下が何をするつもりなのかわからずに攫われたと思ってましたから」

「オリーヴを救えるかと思ってね。あの時は焦っていたんだよ」

懐かしい話をしながら一日半かけてカントリーハウスへと移動する。

次第に建物は少なくなり、窓から見える景色は自然豊かで緑に溢れていた。

窓を開けてみると気持ちのいい風が吹き込んでくる。澄んだ空気に大きく息を吸い込んだ。馬車が到着して御者が扉を開く。

フランソワーズはステファンにエスコートを受けながら馬車を降りると、広大な土地と芝生があった。立派な屋敷に目を見張る。大きな扉へと続く階段を上がると十数人の使用人たちが出迎えてくれた。真っ赤な絨毯と上品な調度品や壁に飾られている美しい絵画。

途中、中庭が見えたが綺麗に手入れしてある花々や薔薇のアーチが目を引いた。真っ白なテーブルと椅子は可愛らしい。

(ここで時間を気にせずにゆっくりとお茶をしたいわ)

部屋に案内してもらい、フランソワーズは窓のそばにあった椅子に腰かける。

カーテンを開くと清涼な風が吹き込んできた。鳥の囀りや木が揺れる優しい音が耳に届く。

フランソワーズが景色を見ているとノアが荷物を運んでいた。

ここではゆったりとした時を四日間も過ごせると思うと嬉しい気分だ。

(いい景色だわ。気持ちがいい……)

どのくらいの時間そうしていたのだろうか。

名前を呼ばれて振り返ると、そこにはステファンの姿があった。

「ステファン殿下……!」

「この場所はどうかな？　気に入った？」

「えぇ、とても綺麗です。落ち着きますね」

ステファンはフランソワーズの隣へ。

窓枠に寄りかかったステファンと共に景色を眺めていた。

「明日は川に行こうか」

「川……川があるのですか？」

「ああ、そこもとても綺麗だよ。その次の日は丘の上でピクニックでもどう？」

「……素敵！」

「喜んでもらえてよかった」

ステファンが立ててくれた計画はとても素晴らしく、フランソワーズはワクワクしていた。

まだオリーヴとステファンが悪魔に呪われる前のこと。

国王や王妃、オリーヴと共にここに来たそうだ。その時はオリーヴも元気に芝生の上を駆け回ったのだそう。

ここには幸せな思い出がたくさん詰まっているのだろう。

ノアとイザークがここに降り立った時に感涙していた理由がわかったような気がした。

彼らは幼い頃からステファンの護衛としてずっとそばにいたそうだ。

互いに剣の練習相手として鍛えていたが、今ではステファンが一番強くなってしまったという。

「まさかまたここに来ることができるなんて……本当に嬉しいよ」

「……はい」

ステファンが楽しそうに話しているのを見ていると、フランソワーズも嬉しくなってしまう。

こうなるまでにたくさんの苦労や我慢があったのだろう。

フランソワーズはステファンの肩に寄りかかった。

（こうして一緒にいることができてよかったわ）

ステファンもフランソワーズの肩を抱く。

暫くそうして景色を眺めていると背後から「お茶の用意ができました」と、声がかかる。

どうやら薔薇のアーチがある中庭でお茶の用意をしてくれたようだ。

ステファンのエスコートを受けて中庭に移動する。

色とりどりの薔薇のアーチに真っ白な噴水。フランソワーズは美しい景色に息を呑む。

ティースタンドはアンティーク調のガラスでできた二段プレート。

ティーカップのハンドルはゴールドで真っ白な陶磁器には黄色や赤の薔薇と葉が描かれている。

静かな時は心を癒やしてくれる。

そのままステファンと過ごしていたのだが、ふと大聖堂にある悪魔の灰のことが気になってしまう。

無意識に立ち上がったフランソワーズはハッとして再び椅子に腰かける。

いつもの癖なのかある程度時間が過ぎると、ソワソワしてしまう。

「さっきから落ち着かないね」

「何もしないことがこんなに難しいだなんて思いませんでしたわ」

「僕もだよ。なんだか体がムズムズしてくる」

フランソワーズもステファンも起きてから眠るまで忙しく動いている。

だけどここでは何もしなくてもいいとなると、なんだか落ち着かない。気を紛らわせるために二人で少し屋敷を散策することになった。

部屋の中や屋敷周りの散策をしても普段の癖は消えないのか互いに何かをしようとしてしまう。

そんな中、屋根裏部屋から感じる嫌な気配。

フランソワーズはステファンに屋根裏に案内してもらうと、そこには荷物がたくさん置かれていた。

「フランソワーズ、ここに何かあるのかい？」

「はい、不思議な気配がして……」

「もしかして悪魔が？」

「弱い悪魔なのかしら……今まで感じたことはない気配がするんです」

「誰かに悪影響を及ぼす前に頼めるかい？」

「はい、今すぐ行きましょう！」

フランソワーズが気配を辿っていくと古いダークブラウンの化粧台の引き出しの中にある長方形の箱を見つける。

ベルベットのワインレッドの生地、周りには金色の模様が描かれていた。

化粧台には埃がかぶっているが、この箱は何かが入っているのか気になって指で恐る恐る箱に触れる。

ピリッと痺れるような感覚はあったものの嫌な感じはしない。

フランソワーズは危険がないかを確かめてからステファンに箱を見せる。

「これは……！」

「ステファン殿下のものでしょうか？」

「いや……お祖母様からもらったものだ」

「そうなのですね」

ステファンの祖母、つまり国王の母親である王太后のものらしい。

このカントリーハウスが好きで亡くなるまでここで暮らしていたらしい。

そしてここに遊びに来た時に見せられた箱なのだそう。

「お祖母様から『大切な人ができた時に渡しなさい』と言われたものだ。それと『あなたが大きくなるまで、わたくしが預かっているわ』と、言っていたのを今、思い出した。まさかこんなところにあったなんて……」

ステファンは懐かしそうに目を細めている。

「何が入っているのでしょう？」

「わからない。恐らくアクセサリーだとは思うが……」

ステファンが中身を確認しようと、箱を開けようとした時だった。

いくら力を入れても蓋が開くことはない。だが彼の力で開かないことなどあるのだろうか。

「おかしいな……ビクともしない」

ステファンが何をしても開かないとなると、中身が何か気になってしまう。

そこでフランソワーズは先ほど感じた気配について思い出す。まさかと思いステファンに声をかけた。

「ステファン殿下、わたくしがやってみます」

「かなり固いよ？　フランソワーズの力では無理だと思うが……」

ステファンから長方形のワインレッドの箱を受け取ったフランソワーズは目を閉じて力を込める。

聖女の力を使ったのだ。するとカチッと箱から音が鳴った。

それにはステファンも驚いている。

「フランソワーズ、聖女の力を使ったのかい？」

「はい。少しだけですけど」

「もしかして悪魔が？」

「いいえ、悪魔と呼ぶほどではないのですが……」

人の後悔や恨み、憎しみや怒りがこもったものに悪魔は取り憑くのだといわれている。

その元となる負の感情が込められたものに引き寄せられるのだ。

「ただの憶測ではありますが、こちらをステファン殿下に渡せなかった後悔がこのような事態を引き起こしたのかと……」

「なるほど。さすがフランソワーズだね」

「ステファン殿下、どうぞ」

ステファンに長方形の箱を渡すと、彼が蓋をゆっくりと開ける。

中に入っていたのはゴールドのチェーンと青い宝石が埋め込まれているペンダントだった。

見る角度によっては青味がかったグリーンになる美しい宝石だ。

「これはお祖母様が大切な行事の時につけていたペンダントだ。懐かしいな……」

ステファンは泣きそうになりながらペンダントを見つめている。恐らく色々な思い出が詰まっているのだろう。

「よかったですね。大切なものが……ゴホッ、コホ」

屋根裏部屋の埃を吸い込んでしまったのか、フランソワーズは咳き込んでしまう。

ステファンはフランソワーズを心配していた。

そして背を押すように屋根裏部屋から出るように促してくれた。

「大丈夫かい？　フランソワーズ」

「はい、大丈夫ですわ」

こうして屋根裏部屋でステファンの思い出の品を見つけることができてよかったと思う。

この件でフランソワーズは気づいたことがあった。自分の手のひらを見つつ握ったり開いたりを繰り返す。

（明らかに力が強くなっているわ。以前はこんな些細な気配に気づくことはなかったのに……）

フランソワーズの聖女の力が強くなった影響なのか、より鮮明に色々なことを感じるようになったようだ。

ステファンの後に続いて歩いていくと、窓の向こうには沈んでいく太陽が見えた。

夕陽に照らされていている美しい景色に足を止めた。

「上のテラスに向かおう。夕陽がよく見えるよ」

「……はい」

ステファンに手を引かれて、早足でテラスへと移動する。

そこには幻想的な景色が浮かんでいた。

空が赤や黄色にグラデーションになっていた。太陽はいつもより大きく見えて、温かい橙《だいだい》色の光に包まれている。

「…………綺麗」

「本当に綺麗だね」

気温が下がったのか肌寒い。

それでもステファンと共に見る美しい景色をずっと見ていたいと思った。

「ねぇ、フランソワーズ」

「なんでしょうか？」

ステファンに名前を呼ばれて、彼のほうに視線を送る。

するとそこには先ほど見つけた長方形の箱があった。中には見る角度によって色が変わるペンダントがある。

「これをもらってくれないか？」

「わたくしにですか？」

「ああ、フランソワーズにもらってほしいんだ」

ステファンはペンダントを手に取ると、フランソワーズの胸元へ。

フランソワーズの髪を持ち上げて、カチッと金具の音が聞こえた。

胸元にはキラキラと輝くペンダントがある。

夕陽に照らされて更に輝きが増したような気がした。

「ありがとうございます。ステファン殿下」

「こちらこそありがとう。僕の大切な人に渡すことができてよかった。君と一緒にここに来ることができて嬉しいよ」

「これから二人でたくさん思い出を作りましょう。ステファン殿下の思い出の場所を巡ったり、新しいところにも行きましょうね」

フランソワーズは満面の笑みを浮かべた。

（ステファン殿下となら、どこに行っても楽しそうだわ）

こうして行ったことがない場所を訪れると新しい出会いや発見があるのだとわかった。

狭い世界で生きてきたフランソワーズだったが、これからはもっと色々な場所に行きたいと思ってしまう。

それにステファンとならどんな場所でも楽しめるような気がするのだ。

「そうだね。君とならどこに行っても楽しそうだ」

「ふふっ、わたくしもそう思ってました」

ステファンはそのままフランソワーズを抱きしめた。フランソワーズも彼の背に腕を回して身を寄せる。

また名前を呼ばれて顔を上げると、そのままステファンの黒髪が頬を撫でた。

唇に柔らかい感触がして、フランソワーズは彼に身を任せるように瞼を閉じた。

触れている部分から伝わる熱。

顔が離れたのを感じてフランソワーズはゆっくりと目を開く。

優しい笑みを浮かべているステファンがフランソワーズの頬を撫でる。

美しいブルーの瞳がフランソワーズを映し出す。

愛おしさが込み上げてきて胸が締め付けられるようだ。

こんな気持ちになったのは生まれて初めてだった。

「フランソワーズ、心から君を愛してる」

「わたくしもです。ステファン殿下を愛してます」

そしてもう一度、ステファンは啄《ついば》むようなキスをする。

何度も何度も、互いの存在を確かめるように……。

「絶対にフランソワーズを幸せにするから」

「もう十分、幸せですよ」

「まだまだこれからだよ」

二人で寄り添い手を繋ぎながら、夕陽を眺めていたのだった。

《了》

転生貴族の異世界冒険録
～カインのやりすぎギルド日記～
原作：夜州
漫画：香本セトラ
キャラクター原案：藻
レベル１の最強賢者
原作：木塚麻弥
漫画：かん奈
キャラクター原案：水季
我輩は猫魔導師である
原作：猫神信仰研究会
漫画：三國大和
キャラクター原案：ハム

唯一無二の最強テイマー
～国の全てのギルドで門前払いされたから、
他国に行ってスローライフします～
原作：赤金武蔵　漫画：田村紘一
キャラクター原案：LLLthika
異世界還りのおっさんは
終末世界で無双する
原作：羽々音色　漫画：ダンタガワ
オルクセン王国史
～野蛮なオークの国は、如何にして
平和なエルフの国を焼き払うに至ったか～
原作：樽見京一郎　漫画：野上武志

雷帝と呼ばれた
最強冒険者、
魔術学院に入学して
一切の遠慮なく無双する
原作：五月蒼　漫画：こばしがわ
キャラクター原案：マニャ子
どれだけ努力しても
万年レベル0の俺は
追放された
原作：蓮池タロウ　漫画：そらモチ
モブ高生の俺でも冒険者になれば
リア充になれますか？
原作：百均　漫画：さぎやまれん　キャラクター原案：hai
COMIC NOVA ノヴァ
https://www.123hon.com/nova/
話題の作品
続々連載開始!!

元農大女子には
悪役令嬢はムリです
早田結
ill. 桶乃かもく
婚約破談から始まる
何も知らない 転生リケジョと
ベタ惚れ 残念王子の
溺愛ロマンスファンタジー!
1～3巻 発売中!
©Yuu Hayata

悪役令嬢
ペトラの
大神殿
暮らし
～大親友の美少女が実は男の子で、
皇室のご落胤だなんて聞いてません！～
三日月さんかく
ill：二反田こな
1～2巻発売中！
©Sankaku Mikaduki

冒険しない
私の異世界
マニュアル
The Otherworldly Manual
for My Non-Adventurous Life
有沢ゆう
フジタ
1巻発売中!
©Yu Arisawa

裏庭のドア、異世界に繋がる
異世界で趣味だった料理を仕事にしてみます
芽生 Presented by
illustration 花守
1巻発売中!
©may

転生幼女はあきらめない
-Reincarnation's little girl never gives up-
カヤ
イラスト 藻
1〜10巻発売中！
©Kaya

我輩は猫魔導師である
～キジトラ・ルークの快適チート猫生活～
1～3巻好評発売中！
猫神信仰研究会
nekogami sinkou kenkyuukai
画 ハム
転生したらチートな猫でした
目指せ！三食昼寝付きのペットライフ！

追放聖女は最強の救世主 1
～隣国王太子からの溺愛が止まりません～

発 行
2025年2月15日　初版発行

著 者
やきいもほくほく

発行人
山崎 篤

発行・発売
株式会社一二三書房
〒101-0003　東京都千代田区一ツ橋 2-4-3 光文恒産ビル
03-3265-1881

印 刷
中央精版印刷株式会社

作品の感想、ファンレターをお待ちしております。
〒101-0003　東京都千代田区一ツ橋 2-4-3 光文恒産ビル
株式会社一二三書房
やきいもほくほく 先生／ヤマウチシズ 先生

Printed in Japan, ISBN 978-4-8242-0384-7 C0093
※本書は小説投稿サイト「小説家になろう」（https://syosetu.com/）に
掲載された作品を加筆修正し書籍化したものです。